フルールドゥスリズィエ・コミールワ 著

独身謳歌症

オタッキーな必勝馬券研究とその実践の日々＋
誠に勝手ながらの自身の結婚観についてetc

文芸社

はじめに

　前作の『いや〜、日本語って、本当に難しいものですね』が、二〇一五年八月に出版されてから、早六年の月日が経ってしまいました。

「しまいました」と、どこかしら、自身の本意ではなかったというニュアンスが感じられるような表現にしたのは、自身の青写真通りに事を運びたかったからで、と言うのも、「限りなく」妄想を膨らませるのが〝特技〟でもある自分としては、前作が翻訳されて、諸外国でも出版されるまでに社会的な話題となって驚異的なベストセラーとなり(!?)、その余勢を駆って、本書の発表に至るという台本を用意していたからなのですが、ま、もっとも、自身の青写真通りに物事が動いてくれたら、人生、何の苦労もないし、また、自身、いつ何時、いかなる局面においても、前向きにプラスのイメージが湧いてくるという訳ではないものの、「どんな時でも」、幸福感に満ちた状態の脳波が計測されるんじゃないだろうかというケースはあり、まず、何よりも、これは競馬の予想においてで、余程の大スランプに陥らない限り、また、結果の如何にかかわらず、レース前には、お小遣いをもらって、おいしく飲食しよう等の、「ウキウキ、ワクワク」とした感情以外、抱くことはないのですが、これに次ぐのが創作についてであり、それ故、あくまでも自身の「脳内映像」では、前述したような展開となっておりました。

とは言え、以前、世間で『う〇こドリル』が反響を呼んでいた際、自身の前作について、これは「大人のう〇こドリル」とも言えるものだとの、漠然とした思いを抱いたのですが、しかしながら！

前者がベストセラーになったことに対し、後者は数える程の売上げしか記録していない……。しかも、自身の著書は、『う〇こドリル』に先立って刊行されたものじゃなかったでしたっけ？

ま、何をもって勝ったただの負けたただのという話は控えることと致しまして……ただ、少なくとも売上げについては、明らかに、「う〇こに負けてる……意識が遠のく……」。

勿論、これは相手を軽んじている訳ではないものの、自身としては、「不条理なんじゃないでしょうか」との思いを拭えません。

重ねて、これは相手を軽視しているのではなく、喩えるなら、同じネコ科の動物なのに、片やペットとして大人気となっているのに、もう一方は絶滅危惧種に指定されるとでも言うのか……。

もっとも、不条理なんて、世の中のそこかしこにあることなんだし、また、これは自身でコントロール出来るものでもなく、例えばベストセラーの一つ、『心霊探偵八雲』シリーズの著書である神永学さんは、当初は、この本が全く売れなかったと語っておられましたが、その後、このシリーズの主人公は、どこの雑誌が行ったか等についての記憶は定かではありませんが、アンケートで、十代くらいを対象とした、好きな本の主人公の人気投票で上位に選ばれるまでに至っていたし、あるいは、人気漫画家の東村アキコさんは、ブレイクするまで約一〇年掛かったようで、ましてや、故カーネル・サンダース氏が、オリジナルのフライドチキンで大成功を収めるに至ったのは、七十歳くらいになってからでしたよね、確か。

ならば、自分も、これらの方々に倣い、取りあえずは、当初の青写真は机の抽斗の中にしまいつつ、あくまでも運は天にお任せし、「人生、ダメもと」で、気長に、且つ、気楽にやらせて頂こうかなと——。

勿論、自身、売れることを何物にも勝る価値としている訳ではないものの、ただ、同時に、作品が、多くの人達の目に触れられなければ、創作活動を続けていく意味がないことも事実で、それ故、前作の発表から六年、間が空いたのも、その間、自身、「撤退すべきなのか？」との思いがあったことも理由の一つで、例えば、芸能界で成功することを夢見て、地方から東京に出てきた若い人等の、時折、耳にする、「三年経って芽が出ないようなら、地元へ帰ろう」といった言葉等も、自身に影響を与えるものであったものの、前述した東村アキコさんにしても、仮に三年で廃業していたとしたら、今現在のご自身というものはなかった訳だし……等々、思いを巡らせている内に、真に尊敬に値し、「我が心の師」とも言える王貞治氏が、ご自身、サインをされる時、色紙等によく書かれる、

「氣力」

という言葉が思い浮かぶくらい、自身の意欲が高まってきましたので、ここに新作を発表させて頂きます。

ちなみに、大いに食べて丈夫な体を作ってこそ、強い精神力も生まれるとの思いがあるからか、王さんが書くのは、旧表記の「氣」です（そもそも、旧表記自体に、そのような意味合いがあるのかも知れませんが）。

自身、二十代くらいの頃だったか、新宿の、ＪＲの西口駅から西武新宿線の駅へ向かう途中にあるガード下で、メジャーデビューを夢見ているのかといった、若い男性のストリートミュージシャンが、絶望し掛かっているのか、「♪誰も聞いてやしねえのに」等と嘆き節を奏でていた姿を目にしたことがあり、その際、「自棄を起こしてはダメでしょう」と思ったものでしたが、と言うのも、嘆くような気持ちを歌に込めたりしたら、「作品が死ぬ」

だけでしょ。

それに、必ずしも、誰も聞いていないとは限らない。自身のことについて語れば、前作、読んで頂いた方は非常に少なかったものの、そのような中でも、ここからは、少々、手前味噌になりますが、「食べログのカルチャーバージョン」とでも言うべき、GMOクリック証券が、ネット上で提供している「クチコミ.jp」で、何人かの方達からお褒めの言葉を頂きまして、また、その中には、「いつも使っている日本語には意味の捉え方の難しいところが沢山存在しています」という一文で始まる文面には、どこかしら、ご自身、学問として取り組んでおられる、その思いが綴られているという印象があるものもあり、それ故、この方が、どこかの大学で教授を務められている語学の専門家か、あるいは、学校の教師なのかということが想像され、それ故、「えっ、まさか、このような方から、お褒めの言葉を頂くとは⁉」と、喜ばしい思いを抱く生徒のような気持ちになったものでしたが、このように、「♪誰も聞いてやしねえのに」等と絶望するのは、まだ早い。

もっとも、前作が刊行されてから六年の月日が経っているともなると、〝推定〟語学の専門家から頂いたお褒めの言葉は、枝葉の部分には「目をつむってもらっていた」との感があり、それ故、その枝葉の部分に、もう少し気を配り、また、若干、新たな視点を加え、近い将来、続編を発表する予定でおりますので、この場をお借りし、宣伝させて頂きます。

まあ、ＰＲについては程々にすることと致しまして、嘆き節を奏でていたストリートミュージシャンの姿を思い浮かべるに、失礼ながら、正確な歌詞については覚えておりませんが、「尿酸値」がどうのこうの、とのオリジナルの曲を歌っている六角精児さん等は、まあ、これは、ご自身の見解による言葉だとは思いますが、「本当に面白いものは売れないとし、その上で、「やり続けていくタフさが必要」と語っていたことがあり、この点についても、自身、倣おうかなと。

しかしながら、自身、「先生に褒められちゃったよ」等と記述した、その舌の根の乾かない内から口にするのもはばかられるのですが、今回の作品というのは、先生に褒められるどころか、呆れ返られるようなものでして……。

と言うのも、他者を巻き添えにするようで恐縮ですが、言うなれば、尿酸値〝的〟な作品であるが故……。

じゃ、何で、このようなものを手掛けたかと言えば、創作活動に取り組む者として、こういった作品も、また、世に送り出してみたいという、その思いと試みからなのですが、この〝実験〟が成功するか否かは、神様にお任せ致します。

それに、「失敗は成功の母」等とも言いますし、ね（何やら、初めから、失敗込みのような言い方になっておりますが）！

目次

1　本書は「文化の1945」となってしまうのか⁉

あなたが文化なのだ

えっ⁉　……『隣の殺人者』で出版社と契約を結んだ際、頂いたパンフレットの表紙に印字されていた一文が、これ。

そこはかとないプレッシャーが……。

と言うのも、この時点で、近い将来、自身、文化と言うには引け目を感じる、本書を完成させるための執筆を漠然と考えていたからで、また、パンフレットの中には、出版社と契約を結んだ他の方達の喜びの声や著作が幾つか紹介されていたので、どこかに〝非〟文化的なお仲間はいないものかと探してみたのですが、まず、『義理の設定』を執筆された志森今日子さんという方のコメントというのが、「男性には書けない女性の性や出産、また子供の心理について大人はどれだけわかっているのか、といったテーマの作品なのですが――」とあり、うーん……これだけを見ても、何か人間の奥深いところを、女性ならではの視点で描き切っているといった感のある、紛れもない文化の香りを、ひしひしと感じます。

追って見ていくと、『夢旅行』の中西由子さんは、「いじめ・不登校の経験から『同じ悩みを持つ人のために』と書いたつもりが――」と、決して、上から目線で語るつもりではありませんが、高校生ならではの文化を表現されているんじゃないでしょうか。

　また、『我が人生　オートクチュール』の北原知子さんは、「少しも波瀾万丈ではないけれど、自力で人生を切り開いてきた女の半生が完成しました」とあり、更に〝人は誰かに必要とされているという思いで生きています。〟という「オビ文の言葉に涙がこぼれました」と綴っていらして、おそらく、本の表紙に巻く、〝帯〟と称されるその中の、キャッチコピーは、編集者にでも一任されたのでしょう。『隣の殺人者』で、配色を含め、カバーデザインから、恥ずかしげもなく、帯文までも自身で考えた自分とは逆に（もっとも、これは出版社から、その旨の意向を尋ねられたためであり、また、最終的には、自身と出版社側双方のアイデアを織り交ぜたものとなっているのですが）、ご自身のこういった言葉から、誠実で控え目な人柄が想像され、著書の内容も、そのような表現をされているのではないかと感じ、実際、この北原さんの著書を読ませて頂いたのですが、ひょっとしたら、作家を専業としている方々からすれば、表現の仕方についての異論があるかも知れないと想像されるくらい、地に足を着けて生きてこられたその半生同様、飾り気のない、素直過ぎる程素直な文体で表現されていて、また、旅行を趣味とされているようで、イタリアに行かれた際、サンタ・マリア・デッレ・グラツィエ教会でご覧になった、レオナルド・ダ・ヴィンチが描いた『最後の晩餐』については、このように触れられていました。

「作家の高度な発明の才をいかんなく発揮しています。また、神秘的な光線、感動を控え目に表す人間らしい精神的描写に天才画家ダ・ヴィンチを見ることができたように思いました」

……やばいです……。漫画チックに表現するなら、冷汗が一筋、額を伝います……。

この方には、とてもじゃありませんが、自作の、

「一瞬、男の手にする包丁が体と同化し、更にはこれ自体意志を持ったかのように、今にも奇声を上げそうな錯覚に陥った。」

等という一文はお見せ出来ない……。

「クソ派手派手しい」——その文体から察せられる人柄から、こんな乱暴な言葉で思いを抱かれることはないでしょうけれども、ただし、自分としては、この場面、結果的に、生物と無機質とを融合させたような姿の『エイリアン』を、どことなく連想させるような描写で気に入ってはいるのですが。

と言うのも、余り大きな声では言えませんが、自身の〝根っこ〟は、完全に読書家（ちなみに、広辞苑を見てみると、正確な言葉遣いは『読書人』と言うのだそうですが）等というものでは決してなく、映画ファンだから。何故って、元々、映画の脚本を書きたかっ

た身だから、と言うより、映画監督になるためにこれを糸口にしようかと、素人の妄想を膨らませていた身だから。で、ついでの戯言を言わせてもらえれば、『隣の殺人者』について、自分自身は、「気が早いにも程がある！」〝ノベライゼーション〟のつもりで書いていましたので……。

いやぁ、余りにもあからさまで傍若無人なことを口にしてしまい、申し訳ございません。とは言え、客観的に見て、曲りなりにも「作家」等という肩書を持たせるには、自分でも違和感があることは、全くの事実です。作家と称しても違和感がないのは、むしろ、お笑い芸人の又吉直樹さんなんかの方でしょう。

いや、今、この方をお笑い芸人と称してもよろしいんでしょうか。勿論、芸人としての価値がないという意味で言うのではありませんが、TVでお見掛けする場合でも、まあ、これは、所属事務所の方針としての、路線変更に沿ったものなのかも知れないものの、バラエティではなく、「Eテレ」等に、よくお出になっておられたし……。

ま、このことはともかく、自身も、また、この方の処女作である『火花』を読ませて頂きましたが、もう、書き出しからして、自身のボキャブラリーにはない「律動」なんて言葉を用いていて、また、「読めますけど、『うやむや』という言葉を漢字で表記するんですか」と感じさせられたり、あるいはインテリジェンスに溢れた文章が綴られているところなんかもありと、その時点では「芥川賞作家」等という肩書が付く前のものとは言え、そこへ繋がっていっても全くおかしくはなかった、伊達に二千冊の本を読んでこられたのではないことがはっきりと感じられ、「あ、日本の小説の王道って、こういう風に書くものだったっけ」と、「そう言えば……」と思い当たるフシもあり、自身の書いたものを改めて読み直してみた時、ありそうな暗黙の了解に沿わず、そこから逸脱したものになっちゃったかと……。

そもそも、それまで、どのように小説を書いたら良いのか等という思いで本を読んだこともなかったので、「そうか、基本的に、一人称の視点で綴られるケースは多くないのか」であるとか、「もっと口語的な表現は控えるべきだったか」等々、今更ながらに気付いた次第で……。

でも、創作活動って、自由に取り組んでもいいんですよね。困った時の〝太郎さん頼み〟で、故岡本太郎氏だって、昔、ＴＶＣＭで、「グラスの底に顔があっても、いいじゃないか」と語っておられたし……。

まあ、このことはさておき、そもそも、前述した又吉さん、二千冊の本を読んでこられたという話を知る以前から、個人的には、失礼ながら、「この人、もっと、自身の才能を生かせる分野があるんじゃないのか」と感じていたのですが、もっとも、これは又吉さんの芸を見て、このように思った訳では勿論なく、と言うより、芥川賞を受賞されてからはTV等で拝見することも多くなり、多少なりとも、人となりを知ったものの、それまでは、個人的に、この方が、何か芸を披露されていたというイメージがなく、と言うのも、TVを見る限りにおいては、おそらくTV出演時は、舞台等で披露する役割とは違うものを求められるのかも知れませんし、また、他の出演者との絡みでは、なかなか自身を生かすことが難しいのではないかと思われ、あるいは、自分が抱いているイメージに誤りがあるとは思うのですが、自ら何か発言する訳でもなく、また、他の出演者の振舞に、特に喜怒哀楽の感情を表す訳でもなく、ミステリアスに、そこに存在しておられたことから、ほぼ、芸人さんに対してこのような思いを抱くことのない、「深遠」等という言葉を思い浮かばせ、且つ、これも、個人的にはそのようにお見受けする、陰鬱な表情をされていることが多いことから、「現代の太宰治」とでも言うべき、ご本人が語らずとも、文学の香りを漂わせていらっしゃったので、「本質的には、こういう方なのでは」と、常々、感じていた訳です。

もっとも芥川賞受賞に伴い、高校時代はサッカー部に所属していたということも報道で知り、勿論、高校時代の又吉さんが現在の又吉さんへと至る中で、ご本人の中身が当時のまま、なんてこともないでしょうけれども、「あれ、元々は体育会系の人なの?」と、意外にも感じましたが……。

このことはともかく、又吉さん以外にも、例えば、次のようなことを記述するので名前は挙げられないものの、バラエティ番組等を見ていて、他の出演者からの扱い等、これが〝いじり〟というものであったとしても、「見るに忍びない」「痛ましい」と感じるお笑い芸人さんなんかに対しても、「もっと他の道を選べばいいのに」と感じていたところ、昨今、自身を生かせるような分野にも進出されているみたいで、「ほら、やっぱり」と。で、他者に対してあれこれ言っていますが、自分自身はどうなんだ？　曲りなりにも、作家という衣を身に纏《まと》わせるのに違和感があるのなら、映画監……いや、これは、極めて悪い冗談です。

とは言え、自分自身、根っからの作家等では「全く！」ないと改めて感じるのは、例えば、又吉さんが第二作目に取り掛かっている、その姿を追ったＮＨＫの番組の、確か本編には出てこなかったので、これは、あくまでも番宣の中でのことだったと思うのですが、映像に被せてご本人が、「慢性的に憂鬱でなければならない」と、作家として、自身に対しての律する思いを語っておられていて……いや、「慢性的に」という言葉を口にされていたのか、それとも「恒久的」、その他だったか、その辺りは、作家と称して全く違和感のない方が語っておられた言葉だけに、こちらとしても、正確にお伝えしたいところなんですが……ともかく、「慢性的に憂鬱でなければならない」だなんて！　……死んじゃう……。そんなことを自身に課していたら、自分の場合、生きていられません。

単に競馬の予想ということについてだって、大スランプの泥沼にある最中なんか、胃潰瘍にでもなったような感覚に陥るのに、もっとも、これは当日の日曜と翌月曜限定のもので、火曜辺りからは『ジェダイの帰還』を果たすべく、次週の日曜に待ち受けているであろう、『新たなる希望』へと思いを馳せることになるんですが、いや、競馬の予想等に興じていると、〝半強制的に〟前向きにさせられてしまう。こちらが長く引きずっていれば、それだけ、『ジェダイの帰還』とするための、十分な用意が出来なくなる訳ですから。

ま、このことはさておき、それに、自身の〝ルーツ〟というものを改めて考えた場合、確かに、幼稚園に上がるかどうかという頃、利己的な罪人のカンダタが、地獄の底に真っ逆さまに落ちていく『蜘蛛の糸』だって、あるいは、意地悪く、客として招いた鶴が飲むことの出来ない、平たい皿でスープを出したキツネが、反対に、自身が、鶴に客として招かれた時には、自分が飲むことの出来ない、首の細い水差しで食事を出されてしまった等の、イソップの寓話だって読んではいたものの、創作活動に取り組む者としての自身の出発点は、何と言っても、『ウルトラマン』であったことは間違いない。

「スパイナー!?　皆を避難させたのは、スパイナーを使うためなんですか!?」

「強く反対はしたんだが……」

「あんな物を使えば、東京は一体……。MATの使命は人々の自由を守り、それを脅かす者と命を懸けて戦う。隊長、そのためにMATはあるんじゃなかったんですか!?」

「(意を決したように)私と一緒に来てくれ。共にMATの誇りを守り、任務を遂行しよう」

これは、東京に出現したグドンとツインテールという二大怪獣の前に、一度はウルトラマンが敗れていることから、有事中の有事とも言うべき時にしか、隊員らの前に姿を見せない、怪獣を撃退する任務を負った組織のMATの長官が、「ウルトラマンでも倒せなかったのだから」と、現場で指揮を執っている加藤隊長に対し、スパイナーという伝家の宝刀を使うよう、圧力を掛けるも、このスパイナーなるものが、とてつもない力を発揮する兵器で、東京を丸ごと消滅させてしまう程の破壊力があり、そのため隊長は、当初は都民に対し、避難勧告を行った上で使用しようとするものの、ウルトラマンとしての使命も負っている郷隊員から、怪獣を倒すためなら、都市を消滅させるようなことをしてもいいのか、自分達の存在意義は、一体、どこにあるのかと問い掛けられ、その訴えに心を動かされた加藤隊長は、極めて大きなリスクも伴う非常時の武器等に頼らず、自らの持てる力により、怪獣と対峙しようと決意する、『帰ってきたウルトラマン』の第六話、『決戦! 怪獣対マット』の一場面で、このようなシーンは、創作活動に取り組む自身の「原風景」であるのです。

そもそも、自分が本を読み始めたのは二十歳になる直前で（十九歳で芥川賞を受賞する方もいるというのに、です！）、それまでは、例えば、これは大学に上がった際のことなんですが、新学期が始まったばかりの頃だったので、講師が生徒達に、それぞれ自己紹介をするよう勧め、その際、親しくなった、自分の隣の席にいた子が、自身について色々と語った上で趣味についても触れ、「推理小説を読むことです」と話を締め括った後、着席する際、小声で、「俺、推理小説しか読んだことがねえよ」と、自身を卑下していたのですが、おそらく、これは純文学等を読んだことがないことに引け目を感じてのものだったと思うのですが、その時は自身、内心では、「自分は推理小説すら読んだことがない……」と、もっと引け目を感じていました。

こんな調子ですから、小学生の時の夏休みの宿題の一つである、「読書感想文」を書くことなんかも父親に〝丸投げ〟していたら、区の教育委員会から賞状をもらうという事態になってしまい……いや、これについては倫理の観点からも、また、惜しくも受賞を逃した生徒に対しても、平身低頭で謝らなければならないのですが、最大限に自己弁護させて頂けるのであれば、将来、曲りなりにも、作品を提供する側の人間となるだけに、作品を論評することに関しては苦手であったと……と、こんなことを語っていると、読者の中には、前作の『いや〜、日本語って、本当に難しいものですね』の中で、当時、ゴーストライター騒ぎの渦中にあった人について触れていたことに対し、「だから、こんな奴を庇《かば》うようなことを書いていたのか⁉」と思われた方もいらっしゃるかも知れませんが、よく読んで頂けたら、ご理解頂けるかとは思うのですが、あの件に関し、自分としては、特に擁護しようという思いから記述した訳ではないのですが……この件についてはともかく、教育委員会の方々も、作文を読んで、「これ、親に書いてもらったんじゃないのか？」とは思って頂けなかったんでしょうか。いや、多分、薄々とは感じていらっしゃったんでしょうけれども、疑わしきは〝罰せられなかった〟んでしょうか……。いや、本当に、申し訳ございません！　小学校の卒業記念文集には、読書感想文で賞状をもらったその思い出を語っていましたが、あれは自分のものではなく、これについても本人が書いた父の思い出だったので、ここに、改めてお詫び申し上げます（ちなみに、表向きには自分が書いたものになっているとは言え、例えば松坂大輔さん等のケースを見ても、大人になったらメジャーリーガーになるとの夢を語っていたように、卒業記念文集なんて、自身の未来に向けた思い等を綴るのが一般的なのに、何て後ろ向きなことを……）。

じゃ、何故、こんな自分が本を読み始めるようになったのか？　その背景について触れると、大学への進学が来年に迫り、その先にある自身の将来について考えざるを得なくなった高校三年生の時、漠然と映画制作に携わりたいという思いはあったものの、これは自分でも「単なる夢」だろうと、実際には、一般的に会社勤めをするんだろうと考え、取りあえずは芸術学部等の、将来の選択肢が限られるような特殊な学部は避け、後は大学に上がってから、ゆっくりと考えようと思ったものの、いざ大学に通うようになると、「やっぱり、選択ミスだった」という思いがどんどん膨らんでいき、それでも、「現実的には会社勤めをするんだろう」との矛盾する気持ちがせめぎ合う中、こんな状態で大学へ通うことに心が離れていってしまい、遂には〝実質〟不登校状態となったものの、実質であるため、大学へ通っているフリはしなくてはならない。

で、一日、あり余っている時間をどう過ごすのかを考えた時、バイトをするという手もあったものの、かと言って労働意欲も湧かず、じゃ、「安上がりで済む」文庫本なんかを読んで時間を潰すかと、真にその動機は「不純極まりない」ものであり、しかも、手に取る本のカラーも、アガサ・クリスティだのスティーブン・キングだのといった、「映画寄り」とも言うべきエンターテインメント小説が大半で、その中に、一言でエンターテインメントと片付けてしまうには、ちょっと違う印象を受けたレイ・ブラッドベリやアイザック・アシモフ等が書いた小説等が少々と、自分と本との「ファーストコンタクト」が、このような経緯の中での、加えて〝二十歳デビュー〟だったため、自身の根っこに「文学」だの「日本の小説の王道感」といったものがあるとは、到底思えない。いや、思えないではなく、

「ない」。

と言うのも、例えば、『羅生門』等、教科書に載っていなかったとしたら、生涯、読むことはなかったと思われるし、ま、もっとも、読んでみて、面白く感じたかどうかは別として、授業で一度読んだだけなのに、後々まで自身に残る何かがあった作品だけに、やはり、それ相応に価値を持ったものなのでしょう。

例えば、これとは反対に、自身、一読者として、基本的にエンターテインメントに対する嗜好があり、また、そのような類の作品を数多くベストセラーとしている、ある作家のものを、一時期、好んで読んでいたものの、これらの内容が、本当に「キレイさっぱり」と、どんなものだったのか、勿論、自身、若年性認知症等ではないのに、〝一つとして〟思い出せない。紛うことなき「超駄作」といった類のハリウッド映画でも、一つや二つのシーンくらいは印象に残っているものがあるというのに、です。

想像するに、この作家の場合、「悪い意味で」、執筆行為を仕事にしていると思われ、また、生意気、且つ、悪い言い方をすれば、手掛ける作品は、自身の心に端を発したものではないということなのでしょう。

生意気ついでの話をすれば、外食産業等に携わっている経営者達は、誰しも、客に提供する商品について、原価をどの程度にし、どれくらいの値段にするのかは考えるところでしょうけれども、余りにも、そのことを第一としているのではないかと感じられる物を食す時、例えば、以前、ＴＶで紹介され、行列の出来ているラーメン屋へ行った際、その商品には、作り手の、原価をこの程度に抑え、これくらいの味と値段で提供すれば、多くの客に不満を感じさせることはないだろう、という消極的、且つ、志の余り高くないものを、個人的には感じ、「もう、この店には来ない」と思ったものだし、あるいは、ランチメニューを提供しているステーキ店は少なくないでしょうけれども、夜の時間帯に比べ、肉、野菜、米、ソース、その全てをグレードダウンさせただけの、つまりは、「安価で提供している、昼時のサービスメニューなんだから、仕方ないでしょ」と、客に妥協を強いているかのようなものを食す時、「これなら、吉牛の方が、よっぽど企業努力が感じられる」等と思ってしまうのですが……。

このことはさておき、教科書と言えば、高校の授業で、生徒各自が『檸檬』を読むことになった際、自身、文章を追っていく内に空想の世界に浸ってしまい、それ故、読後の感想文を書く羽目になった際には、当てずっぽうで推測した内容に沿ったもので書くしかなく、やはりと言うか、後に、林先生こと林修さんが、ＴＶでこの作品のことを解説されているのを目にしたことがあり、その話から、当然、全く的外れなことを書いてしまっていたという苦い思い出があるし、あるいは、これも二十歳そこそこの〝ワールドワイドに肥大化した妄想〃から、映画人として世界に打って出る（!?）には、「余りにも日本独自の感性を身に付けてしまうのもマズいのでは？」と、色々と勘違いしていた故、自身に文学だの、日本の小説の王道感といったものがないのは、当然の如しという訳です。

自分が中学生の時、同じクラスに「孤高の文学少女」とでも言うべき女の子がいて、デザイン性を無視したかのような、当時のメガネの定番とも言える、「いかにも」な昭和性たっぷりのメガネを掛け、それでも、オシャレをしたいお年頃の気持ちからか、縁だけは赤い色で、また、その子は休み時間でも他の子達とは群れることをせず、一人、自分の席に着いて文庫本に読み耽っていましたが、これじゃないでしょうか、「王道」というものは。その頃、自分が目にしていたものは、アニメの『ルパン三世』とかなので……。だからと言って、勿論、アニメを軽視する訳ではありませんが。

自分が小説を仕上げるために取り組んでいると親が知った頃に、例えば、直木賞受賞者のニュースをTVで見ていて、その人達と自分を、どこかお仲間っぽいと見なしているのか、父から「知ってる、この人？」と聞かれたって、スティーブン・スピルバーグでもないその人を知っているはずがないでしょ!?

もっとも、自身、これまで、マニアックなまでに映画を観た訳ではなく、むしろ、一般の映画ファンよりも、観た本数は確実に少ないでしょうから、文学、あるいは映画畑にいるのではない、「無所属」とでも表現した方が、より正確でしょう。

ま、このように〝派閥に属していない〟身だからこそ、その内容や手法に、そこはかとなくあるのではないかと思われる暗黙の了解に縛られず、自由に表現させて頂こうかという思いもある訳だし、また、この点については、契約を結ばせて頂いた出版社は理解力のあるところだという認識はあるものの、さすがに本書に関しては……。

前作の『いや～、日本語って、本当に難しいものですね』に関し、自身、「この二週間くらい、何にもやらなかったよ」等と、超マイペースで原稿を書き進めていて、「仕上がるのは三ヶ月くらい先かな？」くらいに思っていたところ、出版社から郵送された書類が届き、見ると、本の販売促進に関し、通常よりも手厚いサポートが受けられる旨の企画があるとの案内があり、その締切が一ヶ月半先であることから、どうせなら、その期日に間に合わせようとしたものの、ギリギリに仕上がったため、原稿を郵送するという手段を取るには不可能となってしまい、締切の、その当日に出版社に出向き、出版社の人に直接手渡す羽目になったのですが、この経緯についてはともかく、その際、前作同様、自分が小説を手掛けたものだと、漠然と思っていたらしい出版社の方は、ちょっと驚かれたように、「えっ、小説ではないんですか!?」と口にされ、そのことに対し、自身は、「いい意味で期待を裏切ることが出来たら、いいんですけれど」と控え目に答えたものの、内心では、そこそこ自信があって、実際、これは、嬉しい〝大きな誤算〟ではあるものの、冒頭で触れた、語学の専門家なのかと想像されるような方からも、お褒めの言葉を頂くに至ったのです……が！　重ねて、本書は……文化という観点からは、我ながら、自信が持てません。

以前、ＤＶＤのレンタルショップを利用した際、ＢＧＭには、ある女性シンガーソングライターのＣＤが掛けられていて、その曲は二十代の頃に手掛けられたものだったかと思うのですが、その人が、自身の音楽活動に対して誠実に向き合っていることが十分に感じられるような、聞く者の心に染み入るようなもので、また、自身、いい意味で刺激を受けたこと等を思い起こせば、尚更、躊躇ってしまいます。

数年前、ＴＶで放送されていた『ゴーストライター』というドラマでは、次々と話題作を世に送り出している女性の天才小説家がスランプに陥り、彼女を慕い、また、自身の小説では生計を立てるのが難しい、新人の女性作家にゴーストライターを務めさせ、何とか自身の体面を保っていたものの、遂には良心の呵責に耐えかね、自らゴーストライターがいたことを明らかにして表舞台から姿を消したその後、再起を期して挑んだ小説が、読む者の魂を揺さぶるようなものとなっていて、彼女のことを、もはや自分の娘だとは認識出来なくなっている認知症の母が、娘の小説を読んで、溢れる涙を頬に伝わせるというシーンがありましたけど、このように、「心を震わせる」等という本が、どこかしら最上位にあると言うか、「お手本」といったムードがあるような……。

いや、確かに、一瞬の隙が命取りとなるような格闘技戦では、プロレス技特有の、コーナーポストからのムーンサルトプレス等の技を放つなんて、あり得ないことですよ。

でも、「ザッツ・エンターテインメント」と言える、宙を舞う姿に曲線美が感じられた初期の型の、初代タイガーマスクが編み出したこの技を初めて目にした時には、胸が躍ったことも、また、事実。

言葉は悪いのですが、王道感のある小説等が供する、マグロの漬けならぬ「インテリジェンス漬け丼」だって、勿論、おいしくは頂けますけど、こればかりになっても食傷気味になる……という思いは、個人的にはあります。

以前、ＴＶ番組で、お笑い芸人の、さま～ずの三村さんが、ゴルゴ松本さんが書いた、漢字の由来等に関した本のページを開いたところ、自身が目にした、そこに金八先生が口にしそうなことが書かれてあったことを声に出し、「うるせえよ！」等と突っ込みを入れ、周囲の笑いを誘っていた場面がありましたけど、自身、勿論、「うるせえよ」等とは申しませんが、時として、「インテリジェンス漬け丼」に対し、“Don't worry be happy”とでも口にしてみたくなったりもします。

純文学等、殆ど読んだことのない者がこんなことを言うのも何ですし、また、ディスる訳でもありませんが、そもそも文学って、悪い言い方をすれば、基本的に、「ひねくれた感情」を〝売り〟にしているところって、ないですか？　で、また、これが常軌を逸していれば逸しているだけ、作品に凄みが増すと言うのか。

昨年、ＮＨＫのＥテレで放送されていた、『ひきこもり文学』という番組は、「引きこもり」と称される人達の自身の手記を、何人か、本人に朗読してもらうという内容で、これを、ひねくれた感情とするには厳しいものがありますが、例えば、二十代から三十代と思しきある女性が手記を朗読した後で、自身の家庭環境について語りながら、頬に涙を伝わせていたのですが、まあ、人間、多かれ少なかれ、曲りなりにも、色々な物事に対処し得るようになるには、ある程度の人生経験の長さは必要となるのだろうし、また、この女性も、今後、自身の考え方が変わってくるのかも知れませんが、傍から見る者の一人として、自身の行動の基となるものに、ひいては、自身の人生を方向付ける一因にもなるであろう故、「そのような受け止め方や考え方をしていたら、自身が幸せになることを遠ざけるだけなのでは」と感じるようなことでも、文学として捉えた場合、価値のあるものになったりする訳でしょ。

そう言えば、重ねて、悪い言い方をすれば、ひねくれた感情を売り（？）にして、歴史にその名を残した、ある文豪について、自身、高校生の時の国語の教師は、まあ、あくまでも、この先生の見解では、というものではありますが、文豪のひねくれた感情は、著者の計算された作為的なものだとし、また、作品が女性達の支持を受けていたことから、「ずるいよな、○○は」と、お気に召さないようでしたが……。

で、もう一つ、高校生の時分ついでに思い出したことがあって、二年生の時に修学旅行をした際、学校側が、他のクラスも含めて生徒全員に、その感想文を書いてもらい、その後、これを文集にしたものを各生徒が受け取ったのですが、自身、それぞれが書いたものを読んでいく内、中に強烈な印象を残すものがあり、どのようなものだったかと言えば、まあ、書いた本人にしても、振り返れば、「とんでもないことを書いちゃったな」と、感じたとは思いますけど、傍から見れば、「そんなことある訳がないでしょう」といった、〝負の感情にまみれた〟自身の思い込みが綴られていたんです。

例えば、自分と同じクラスの、自分自身、そのようなこと等、全く気が回らなかった、ある生徒等は、皆の旅行の思い出を、決して暗いものにしてはいけないと、自ら、楽しい雰囲気作りに一役買って出ていた旨を綴っていたのに、これとは反対のその暗い考え方に、「救いようのない」ものを感じたものの、同時に、他の多くの生徒が、「一日目はどこそこに、二日目はどこそこに、三日目はどこそこに行って、何々をした」といった、悪く言えば「凡庸」なことを書き連ねていたことに対し、「30馬身、群を抜いている！」とも感じてしまい、それ故、常識では全くの不正解なことであっても、これを一つの文学等として捉えた場合、正解となることもあるんだと、勿論、他の人達にとっても正解であるかどうかは分からないものの、少なくとも、この、「どうにも救いようのない」真っ暗な感想文は、自分にとっては、正解であることを示したのだと——。

だからと言って、この生徒が綴ったものに対し、好感が持てるか否かについては言わずもがなで、人生、どこかに希望がほしい等と思ってしまいます。

どのくらい前のことだったかと思う程の昔の話で、二十数年前くらいだったか、自身、歌手になることを夢見ているものの、地に足を着け、現実的な生き方を選択した方が良いのか迷っている、高校生くらいだったか、ある十代の女の子が、ラジオ番組内の「人生相談」で、相談者にアドバイスしてもらいたいその思いを口にしていたのですが、相談者から、自身、どうして歌手になりたいのか、その動機について尋ねられた際、この女の子は、「人の心に花を咲かせたいって言うか」と答えていたのですが、この子の心自体が「花畑牧場」であるかのような、その胸の内を見よ！

文学等で表現される〝心の奥の間〟が、複雑な迷路のような造りになっていることに、必ずしも、何にも勝る価値があると、言い切ることは出来ないのではないかと思うのですが……。

ま、これらのエピソードについてはさておき、こういったケースとは違う世界に目を向けた場合、例えば、数々のＧⅠレースのタイトルを手にされてきた藤沢和雄調教師は、馬作りについての自身の座右の銘を、「ハッピーピープル　メイク　ハッピーホース」と語っておられますが、ちなみに、この言葉の意味合いについて、ご本人ではないので、正確なところは分かりませんが、想像するに、何も、幸せな境遇にある者が、強い競走馬を育て上げることが出来るということではなく、自身、そのことに携われることに喜びを感じ、日々、励んでいれば、これに応えてくれる競走馬を有することにも繋がっていくとの思いが、そこにはあるのではないかと思いますし、また、このことを〝良い子のための絵本〟風に表現するなら、「自身の心に幸せの種を蒔く人の家の庭に、幸福の木は生《な》る」といったところでしょうか。

勿論、競走馬を育て上げることと本を完成させるために執筆することを同じ土俵で語ることは出来ないものの、生ビールを〝ぐび～～～っ〟と呷り、「ぷはぁ～～～っ！」と息を吐くのも、また、日々を生きる上での醍醐味で、これも、人生の側面の一つなのでは。

演歌だって、必ずしも憂い等を表現したものばかりではなく、北島三郎さんの『まつり』等のように、生きる喜び、意気込みを高らかに謳い上げるというものだってあるじゃないですか。

あるいは、まあ、このような形容の仕方が妥当なものであるかどうかは別として、個人的には、〝出版業界におけるセンセーションの仕掛人〟といったイメージのある見城徹さんだって、「僕は、文芸というものはアウトローだと思っている」とか何とか語っていませんでしたっけ？

ん？　アウトロー？　……一球、インハイにストレートを投げ込んでおいて、アウトローへ流れていくスライダーで打ち取るという手もあるのでは？

ですので、リングの外へエスケープした選手に対し、勢いを付けてトップロープ越しにダイブすると見せ掛け、トップロープを両手で掴んで体をくるりと反転させ、リング内のマットに着地するという、〝フェイントを掛ける〟という魅せ方もあっていい。

「くるりと体を反転」させて頂ければ幸いです。

「何を言っているのかよく分からない」という読者もおられるかとは思いますが、要は、と言うより、このことの要約になってはいませんが、変に「こうあるべきなのでは」という思い等を抱かず、また、そのような思いに、自身、囚われることなく、思いのままに表現したっていいんですよね？　その時々で、やりたいと思うその気持ちに従わせて頂ければ、幸いなんですが。

そもそも、自分自身の本質というものを考えた時、文学に携わる者等では決してなく、また、「アキバ系」等とは色合いを異にするものの、「オタク」だし、だからこそ、前作の『いや〜、日本語って、本当に難しいものですね』といった本を生み出せたとも言えるのだから、人それぞれが持っていると思われる、これが先天的なものにしろ後天的なものにしろ、その個性を活用しない手はない、良し悪しは別として。

例えば、自身の性器を３Ｄプリンターで複製し、芸術として公開するというのは、法律に抵触するのだから、そりゃいけないと思いますけど、こういう禁じ手を独自の考え方で押し通すようなことでもしない限り、創作の世界って、もっと「キャパの広い」ところのはずですよね。

大体、本質的にオタクな人間って、日常の世界では、余り実用的ではないのだから、せめて、非日常的な所で活躍の場を与えて頂きたい。結果的に、これまで開けられなかったことはないものの、ワインのコルクを抜く時には、そこはかとなく一抹の不安を感じるし、いや、開けることが出来ているのは、こちらにとって、「与《くみ》し易い」物だからなんじゃないかと……。実際、一度、見るからに、きつそうに栓が閉じられているワインに対したことがありましたが、その時は、栓を抜く際、コルクが少しずつ崩れていき、最後は開いたものの、そのコルクがボトルの中に落ちてしまったことがあったし……。

ちなみに、自身、学生の頃、家族ですき焼きを食べる際、ガス栓にホースを繋いでくれと頼まれたものの、ホースが硬く、なかなか栓にハマらないで悪戦苦闘する姿を目にした姉から「男らしくない」等と口にされたものの、幸か不幸か、自身、こういった点について、引け目を感じることはありません。

「なに〜っ、男らしくない？　乱暴な言い方をすれば、ええ、ええ、オカマで十分ですとも」と思うのは、別にオカマであろうがなかろうが、こんなこと、社会を舞台に自身の能力を問うのに、何ら関係がないだろうと――。

　ま、最大限の自己弁護はこれくらいに致しまして……もとい、若干、高めの天井に取り付けられている、マンションの部屋の中の、大きな丸い形をした笠に覆われている照明器具……。手の届かない所にあるため、これまで確かめたことはないものの、ランプが切れた場合、ホームセンター辺りで買ってきた脚立を使って取り変えなければならないのでしょうけれども、その際、脚立に足を掛けているという不安定な状態で、あの大きな笠は簡単に回して外せるものなのか？　そして、その中の、笠に合わせたサイズの丸型のランプも、また、簡単に取り外し取り付けが可能なものなのか、おそらく一抹の不安を感じるのではないかと想像するような人間であるが故、出版業界が、読む者の魂を鷲掴みにし、感涙が頬を止めどもなく流れ落ちるような本を「学級委員長」に指名されるのは一向に構いませんが、「右に倣え」の指示を出されてしまったとしたら、非常に困るものがあります。

そもそも一読者や一観客として、自身、余り「感涙」や「号泣」といったものは求めないところがあり、例えば、書店で、殺人の罪を犯した者について書かれた、ある小説のタイトルに目が留まったものの、裏表紙に書かれているあらすじを見ると、「どうやら、感動する方向へ持っていこうとしているな」と言っては語弊がありますが、そのような気配を感じて食指が動かなくなってしまうところがあり、こんな時に思うのは、それがフィクションであるが故の、不謹慎な発言をすることを予めお詫び申し上げると致しまして、「ああ、レクター博士の所業が懐かしい……」。

勿論、これは他の作品を貶めよう等という思いからではなく、あくまでも個人的な嗜好として言わせて頂くのですが、日本は〝お涙頂戴物の事件〞が多過ぎます。百歩譲って、それが人間の領域に収まるようなものならまだしも、中には、「それだけのことをしておいて、尚、お前は、人としての共感を求めようというのか!?」というものさえある。

その内に抱えている、自身でもどうすることも出来ない悲哀に獣が涙するなんて、無様以外の何物でもない。レクター博士を見よ！　見る者に、「そんなことしたら、お母さんが悲しむよ」等といった感情は微塵も抱かせない。クールです。

少々、話が逸れてしまいましたが、本筋は「文化」についてです。

そもそも、文化としての迷いがあるものを表現することに意味があるのかと感じられる向きもおありでしょう。確かに『隣の殺人者』のような、いわゆる「怖い話」のジャンルを書き続けていくという手は、勿論、あります。前述したように、一読者の立場に回った場合でも、自身の一番の〝好物〟であり、映画も含め、受け手としての自身の歴史を振り返ってみても、スティーブン・キングやディーン・R・クーンツの小説、あるいは映画として観た、「スケキヨ」の存在が不気味だった『犬神家の一族』に、「祟りじゃ〜!」の『八つ墓村』。〝決して一人では見ないで下さい〟の『サスペリア』と、「来る　きっと来る」でお馴染みの『リング』。そして、体裁等問答無用といった『死霊のはらわた』の他、低予算ならではのアイデアが生きていた『ブレア・ウイッチ・プロジェクト』。言うまでもない、『エクソシスト』や『オーメン』等々が、そこにはある訳ですから。

ただし！　当出版社には、近年、新たなジャンルを開拓されておられるものの、山田悠介さんという、怖い話の〝オーソリティ〟がおられるじゃないですか。いくら自分自身では、山田さんとは違うカラーを出しているという意識があり、読んでもらえれば分かって頂けると思っていても、まず、読んでもらえないことにはどうにもならない。読みたいかどうかという段階で、「どうせ山田悠介の二番煎じでしょ?」等と色眼鏡で見られる恐れだって、十分に想定しておく必要があるし……。

とは言え、当面、自分が上手くやれそうなことを「封印」することで、思い掛けず、新たな可能性の扉が開かれることだってある訳でしょ。前作の『いや〜、日本語って、本当に難しいものですね』にしたって、出版社に対しても読者に対しても、山田さんの〃跡追い作家〃と思われたくないという思いに端を発しているものだったし、それ故、出版社の人が「えっ、今回、小説ではないんですか⁉」と驚かれた時には、心の中でガッツポーズ！した訳ですよ。これは、喩えて言うなら、かつてスティーブン・スピルバーグ監督が、自身の映画監督としての挑戦意欲から、『カラーパープル』を手掛けたと語っていたことがありましたけど、正に、こんな気持ちだったんです。

……あれ？　でも、同監督は『１９４１』を発表した時にも、似たようなコメントをしていなかったか？

『ジョーズ』や『未知との遭遇』等、それまでの自身の作品では、所々にコミカルな表現をしてはいたものの、全編通してそのような映画を作りたいと思って完成させたところ、これが、興行的にも評論の対象としても〃大コケ〃する羽目になったのではなかったか。で、本書が『カラーパープル』か『１９４１』か、どちら寄りなのかを考えれば、答えは明白で……。今回、前回とは〃似て非なる〃ニュアンスを含んだ、「え〜っ、今回、小説ではないんですかあ？　……」等と、出版社の人に口にされそうな、嫌な予感を伴った妄想が膨らみます……。

やばいです！　本書は文化の『１９４１』……いや、むしろ、「文化の１９４５」とでも言うべきなのか――となってしまうのか～⁉

でも、そもそも文化って何でしょうか。例えば、以前、宮崎駿監督が、ご自身、一度は決意された、その引退発表の記者会見で、「僕は文化人にはなりたくない。町工場の親父でありたい」という思いで、それまで作品に取り組んでいた旨を語っておられたように、「文化人」等と形容する言葉があることからも、どこかしら知性に溢れ、弥《いや》が上にも、敷居が高いといった印象がありますけど……。

♪　おお ジャイアンツ　その名を高く いや高く

やっぱり、文化って、ジャイアンツなんでしょうか。こんな喩え方をしたら、他球団のファンからお叱りを受けてしまうでしょうけれども……。

ただ、ネット上にあるｇｏｏ国語辞典（出典 デジタル大辞泉）で、「文化」についての意味を確かめてみたんですが、

ぶん‐か〔‐クワ〕【文化】

１　人間の生活様式の全体。人類がみずからの手で築き上げてきた有形・無形の成果の総体。

それぞれの民族・地域・社会に固有の文化があり、学習によって伝習されるとともに、相互の交流によって発展してきた。カルチュア。「日本の文化」「東西の文化の交流」
２　１のうち、特に、哲学・芸術・科学・宗教などの精神的活動、およびその所産。物質的所産は文明とよび、文化と区別される。
３　世の中が開けて生活内容が高まること。文明開化。多く他の語の上に付いて、便利・モダン・新式などの意を表す。「文化住宅」

とあるのですが、一言で言えば、「我等の社会にある我が生活の中で、我思う、我表す、我築く。故に我等が文化あり」といったところでしょうか。

分かりづらい表現をしてしまったかも知れませんが、平たく言えば、一応、「何でもあり」ってことですよね、結局。

話を蒸し返す訳ではありませんが、かつて、ある有名な俳優さんが、と言うには余りにもバレバレな感があるので〝あの方が〟と表現させて頂きますが、「不倫は文化だ」と発言して、と言うよりもマスコミに誤解され、と言うより、スポーツ紙の見出しとしてインパクトを持たせられるよう、〝端的過ぎる程端的に要約〟されたと思われる言葉が物議を醸したことがあり、実際には、この俳優さんは、「今までの文化を作ったり、良い音楽や良い文学っていうのは、そういうこと（不倫）からも出来ている訳だし、それが、小説が素晴しければ誉め称えられて、その人の行為は唾棄すべきものとは、僕は思えないね」と語っていたらしく、クールにして知的ながら、同時に、この言葉を耳にする者が、クラシカルな表現をするなら、どこかしら、「キツネにつままれる」ようなものではなかったのかと想像する故、反感を買い、「不倫＝文化」として伝えられてしまったのではないかと思うのですが、その実情に関してはさておき、ここでは分かり易さを優先し、仮に「不倫は文化」だとした上で、「1人間の生活様式の全体」の〝様式〟に注目すれば、その意味は、分かり易く簡潔な説明がされていた広辞苑等では「さま。かたち」であるため、該当させても問題はないのかと思うものの、「人類がみずからの手で築き上げてきた有形・無形の成果の総体」の〝成果〟に注目すると、その意味は、自身、腑に落ちた広辞苑による解説を引用すれば、「なしえたよい結果。できばえ」なので、それが小説や映画等の作品ならいざ知らず、現実の世界においては、不倫関係にある当人同士だけに止まるものではなく、夫なり妻なり子供なりと、当然、被害を被る人達がいるのだから、結論として、不倫は文化と呼ぶことは出来ないということになり、それ故、一見、文化は「何でもあり」のようでも、そこには「なしえたよい結果」が前提になるのだと、改めて文化の何たるかが分かったがために、これまた漫画チックに表現するなら、噴き出る冷汗が、止めどもなく額を流れ落ちます……。

ただ、それが成し得た良い結果であるかどうかは、人によって評価が分かれるところでもありましょう。

現在、日本でも、法律上は別として（ただし、例えば都内のある区では、不動産業者や病院に、同性カップルを家族と見なすよう促すのが狙いとされる、『パートナーシップ証明書』等を発行しているところもありますが）、同性婚等に対し、寛容的になっている社会的な雰囲気はあるものの、例えば、その先進国（？）とでも言うべきフランスのある地区を、以前、ＴＶ番組で若い女性芸人が訪れた際、街中にあるカフェ等で、普通の男女のカップルのように男性同士が手を繋いでいて、つまり、文化は「所変われば」という側面もあると感じさせられたり、また、その光景を目にした女性芸人は「素敵♡」と、どこかしら、ときめいていたようでしたが、このような言葉を口にするこの女性が、仮に、兄なり弟なりの兄弟がいたとして、その兄弟から、自身の結婚相手だとして男性を紹介された場合、果たして、内心、複雑な思い等を全く抱くことなく、「素敵♡」等と口に出来るものなのかどうかを考えれば、文化は、「その局面」によっても左右されるものではないのかと感じたりもします。

とは言え×２！　文化を定義する様々な視点があったとしても、そのことを踏まえても、本書……本書は「文化の危険水域」に突入してしまうのか!?

もはや、「賢者は、どのような物事からでも学ぶことが出来る」ということを読者に期待する外ないのか。せめて本書は、今の時代、健康という観点からは、成し得た良い結果として、人によってその評価が分かれるかも知れない、コレステロールたっぷりの、等と表現しては人聞きの悪いものになりますが、せめて、揚げ物の代表的存在である「とんかつ（もっとも、こちらの方は、辞書の説明に沿えば物質的所産なので、『文明』に属するものなのでしょうか。ただ、一般的に、『食文化』等という言葉が用いられることからも、現在、文化としての解釈がなされるものでもある?）」の域に達することが出来るよう留意したいとは思いますので、まずは、どうぞご賞味下さい。

『的中への道』

こんな予想で当たるものなのか
危ぶむなかれ
危ぶめば的中はなし
勝馬投票券に己の信念を書き込めば
その思いが一万人の諭吉となり
その夢が十万人の諭吉となる

迷わず賭けよ
賭けたら当たるさ

仮に、彼女になる人に言われたら困る一言は、

「私と競馬、どっちが大切なのよ!?」

そして、奥さんになる人に言われたら嫌な一言は、

「何、そんなに使い込んでんのよ!?」

二〇一〇年から二〇一一年にかけ、当時、大手製紙メーカーの会長であった人が、七つの子会社から百億円を超える金額を借り入れし、その殆どを、マカオやシンガポールのカジノで散財していたということを、ある報道番組が伝えた際、当時、キャスターを務めていた方が、「昔なら、こういう奴のことを『大馬鹿三太郎』って言ったもんですよ」と口にしていました。

勿論、これは、この会長が、幼少の頃から英才教育を受ける等、何不自由のない環境で育ち、社会的地位を築くというその過程で、推測される、のぼせ上がっていたのだろうことが招いた、その不祥事に対する非難の言葉であったものの、競馬ファンとしても気を付けたいものです……。

とか言ってる側から、本書のオープニングテーマ曲（脳内映像は〝妄想〟布施明氏）が、
高らかに響き渡ります！

『僕はＪＲＡからお小遣いを貰った』

息を切らし胸を押さえて　久し振りだと一人呟く
バカだね こんなに急ぐなんて　うっすら汗までかいて
何故か今日は飲みたいよ　違う配当を手にしたみたいだ
昨日嵌ったスランプ抜け出し　微かに疼くこの期待
かすめる不安振り払い　確かに僕は当てた
賭ける程に当たる程に　笑いながら手にしながら
僕は薔薇よりビール
ワッハッハッハッハッ！　僕は～～
チャラッチャッチャッチャッチャッチャチャチャチャ！（タップダンスを披露しながら）
貰った～
賭ける程に当たる程に　笑いながら手にしながら
僕は薔薇よりサワー

ワッハッハッハッハッ！　僕は〜〜
チャラッチャャッチャャッチャャッチャチャチャチャ！（再びタップダンスを披露しながら）
貰った〜　お小遣いを！　もらあったあぁ〜〜〜〜

2　独身、これ即ち、「光の国の住人」？

二〇一〇年一一月下旬の某日――目が覚めると日が暮れていた……。冬の日照時間は短い。

本日、土曜日の起床時間は午後六時一〇分過ぎ……オーバーフォーティという自身の年齢を考えた時、そこはかとなく引け目を感じます。

と言うのも、家庭を築いていらっしゃる方だったら、こんな生活振りが許されるはずもなく、おそらく、休日はホームセンターや百貨店等で奥さんの買い物のお供をしたり、子供を公園や遊園地に連れていってあげたりしておられるのでしょう。

いや、何も休日に限定したことではなく、例えば、以前、後に繁盛店となる、ある、うどん屋さんをTV局が取り上げていたことがあり、商売を始めたばかりの状況は、まだまだ軌道に乗れずに客の入りもまばらで、にもかかわらず、まあ、ご自身にしてみれば、先行投資との思いだったのでしょうけれども、高い金額で設備投資をしようとするご主人に対して奥さんが、「私だって、色々とほしいものがあっても我慢しているのに」と、不満を漏らした上で、「経営者としても父親としても、自覚が足りない」と釘を刺していましたが、このご夫婦のケースばかりではなく、家庭を築き、日々、暮らしていくということは「何かと大変」なのでしょうから、このことを考えれば、我ながら浮世離れしている感があり、また、創作活動に取り組む者としても、そこはかとなく危機感を覚えたりもします。

と言うのも、『プロフェッショナル 仕事の流儀』のある回では、大手の菓子メーカーで商品開発に携わっているチームを取り上げていましたが、そのリーダーは、多くの人達の心を掴むことの出来る商品が、つまり、共感の大きさがヒットを生むという旨を語っていたことから、そこに「浮世離れ」等というフレーズの入り込む余地がないからです。

ただ、お菓子作りと創作活動を同じ土俵で語ることは出来るんでしょうか？　再度、ご登場して頂くと致しまして、見城徹氏は、このように口にされていますが――。

「僕は、文芸というものはアウトローだと思っている」

そもそも創作活動って、売上げということを考慮から外せば、いや、外してはいけませんが、基本的には、「私的な作品の持ち寄り大会」ですよね。純粋に鑑賞する者の立場なら、それぞれの作品の個性を楽しみ、また、自身、創作活動に取り組む者としてなら、他者の作品を見て、「あ、そういう手もあったか」という面白さを味わうものなのではないかと。だからこそ、一般の人にとって、と言うより、多くの人達にとっては、頭の中に「??」のマークが渦巻く、「芸術は爆発だーー！」なんて名ゼリフが生まれるのだし……。

専門家にしてみれば、それが素人の感想だとしても、昔、ピカソの絵画について、「園児が描くような絵だな」等と口にするような人だって、一人や二人ではなかったし、当然のことながら、そのピカソに影響を受けたとされる「爆発だ！」おじさん（？）の、故岡本太郎さんが手掛けられた作品にしても、「よく分からない」という人だって、少なくないのかと想像する故、太郎さん自身、特に多くの共感を得て、ご自身の地位を築かれたという訳でもないのでは。

まあ、このことはともかく、本章の冒頭に戻ると致しまして、何故、こんな起床時間になってしまったのかと言いますと、〝今日の〟午前一時半頃、急に睡魔に襲われたものの、体内時計が記憶している通常の就寝時間よりも早く――これが、いつもより遅めに寝るのならば問題はないのですが、早い場合はまずい。大抵、二、三時間くらい寝たところで、つまり、十分な睡眠が取れていないところで目が覚めてしまうからです。

それ故、この時も、ただ横になっていようとしたのですが、結局、寝入ってしまい、そして危惧した通りに、一度、五時近くに目が覚めてしまい、これだと睡眠導入剤の助けを借りなくてはならないのですが、ただし、起きたばかりで飲んでも効果がないことは経験済みなので、そこから五時間程経つのを待ち、午前一〇時頃が、仮眠ではなく、真の就寝時間となってしまったため、という訳です。

勿論、睡眠不足で多少気分が優れなくても、何も一〇時にまた寝ることはなく、五時に目覚めたのなら、そのまま起きているという手はある。むしろ、お医者さんなら、「日頃の生活習慣を改善するための、良い切っ掛けとするべき」等と、アドバイスされるのでしょう。

自分としても反論するつもりはなく、それが正解なのでしょうし、また、現在の自身の〝弱点〟の根本的な原因——睡眠不足に端を発しての、だるくて気力が湧いてこなく、無駄に過ごしてしまう日が平日の内に、確実に一日はあり、それ故、週末を〝寝溜め指定日〟にしなくてはならなく、また、寝過ぎてしまうことが、平日の睡眠不足に繋がるという悪循環……。正に、健康に関する情報番組等で、医師が、日頃、睡眠不足気味の人に指摘する問題点そのものなのですが、取りあえず、今は、この問題は先送りさせてもらっているところです。

だからと言って、生まれてこの方、こんな生活をしている訳じゃない。高校生の頃等は、学校で授業を受けている際、たまに、遅刻して昼近くになり、教室に入ってくる奴がいましたけど、その時は、「何で、こんな時間に登校してくるのか」訳が分からなかったのに、今では、一番の理解者となってしまっている。無念……。

いや、この難題さえ抱えていなければ、あくまでも自己評価ではあるものの、「誠実に」生きてはいるんですよ。週末の寝溜めという選択はしても、覚醒剤や危険ドラッグに手を出したなんてことは一度としてないし……。だって、こんなことしたら、不謹慎な言い方ではありますが、中には上手く付き合っている〝ベテランの方〟なんかもいるんでしょうけれども、人生、終わりでしょ。住んでいる部屋の壁から、男が這い出てきたりするんでしょ。街中でワニに追い回されて乱心し、ナタを振り回して周囲を混乱に巻き込んでしまうんでしょ。車両進入禁止の商店街の中を車で爆走した挙句、おばあさんをはねてしまったりする訳でしょ。

そもそも、危険ドラッグはおろか、二〇〇一年に狂牛病騒動があって以降、その不安の残る牛肉を、自身に解禁したことはないんですから。この牛肉を使用しているとされている吉〇家に、たまに行きたくなったとしても、実際に口にするのは、基本的に牛丼の味付けと同じだと思われる、少なくとも、自分が通販で購入した時には、「お店では食べられません」の触れ込みだった、お取り寄せタイプの豚丼の具だし……。

いや、こんな言い方をしたからといって、別に、特定の産地の牛肉を貶めようなんてつもりはないんですよ。以前は自分だって、吉〇家の特盛りを〝追加注文〟するのは、自身にとって定番な食べ方だったんですから。

確かに昨今、この病気に罹る牛の発症例はかなり少なくなってきているということも、マスコミの報道による情報として知ってはいますが、完全になくなっているんでしょうか？

交通事故に遭う確率よりも全然低いというその事実をもって、狂牛病騒ぎがあったその最中、日本が輸入規制の処置を執っていたその国民の一人が、「日本人は神経質だ」と口にしていましたが、その最中ではない現在、狂牛病等を気にする日本人の数は、殆どいなくなっているとは思います。

ただ、残念ながら、自分は「代表チーム入り出来るくらいに」神経質なんです。二〇二〇年、新型コロナウイルスの世界的な大流行があった際、消毒液等の需要が高くなったことに先駆け、除菌ティッシュ等がなければ生きていけない、どこかしら感じの悪い響きがあるかとは思いますが、「除菌マニア」なんです。飲食店で飲み食いする際、多くの人が触れるであろう故、どことなくべたついているといった類のメニューを触った後で除菌しないではいられない、これが人との会食であったならば、その人が自分のこの行為に対し、どことなく違和感を抱いている気配があって引け目を感じるものの、除菌せずにはいられないんです。

ただし、自身、先天的に神経質だった訳ではなく、それ故、たまに、電車内の吊革が掴めない、あるいは、自販機のボタンを押せないといった人に対し、「気にし過ぎでは？」との思いを抱いていたものの、「気にするべきだったのか！」と、考えが改まったのは、ある自動車メーカーのＣＭで、「きれいに見える車のハンドルでも、実際には、こんなに汚れているんです」と、顕微鏡を通して見た、雑菌が蠢くその場面を目にしてしまったからで、以降、「車のハンドルでさえ、ああなんだから……」と、例えば街中で、長年、風雨にさらされ、それ故、外壁が黒ずんでいるような建物を目にした場合等、「世の中、雑菌に取り巻かれている」と、除菌マニアとしての自身が形成された次第なのです。

そこはかとなく感じの悪い自己紹介は、これくらいに致しまして、車のハンドル同様、狂牛病に怖さを感じない人は、実際に狂牛病に罹った人を目にしたことがないんじゃないかと想像し、また、決して他意はありませんが、「神経質だ」とするのは、原爆による被害者の実状がどういったものだったのかを知らないような人の意見じゃないかと。

以前、ＴＶのニュース番組で取り上げていたことがありましたが、ご覧になりました？ 狂牛病に冒された人が、一体、どのようになってしまったのかを……。

家族が、ホームビデオか何かで撮影したその映像は、狂牛病を患ってしまったイギリス人の若い女性が、家族から、「今日、何曜日か分かる？」と聞かれても、なかなか答えが出てこなく、結局、首を振りながら、自嘲気味に苦笑していたのを捉えたものだったんです。

恐ろしい……。

ホラー映画御用達の「怨霊」の存在すら、色褪せた定番として霞んでしまいます。

人間、知らないということは、果たして幸か不幸か？

とは言え、このイギリス人女性の姿は、自身の「記憶に残る衝撃映像」として、かなり上位に位置しているものだけに、神経質な日本人の中の代表的な存在の自分が、必要以上に、ホラー的な観点から捉えてしまっているということもお断りしておかないと、フェアではないでしょうし、また、現在、狂牛病による健康被害の実例は報道されてはいません。ただ、二〇〇七年前後、マスコミの報道で取り上げられることが多かった食品の偽装問題等とも併せ、食の安全性に対する関心を高めている日本人が多くなっているのも、また、事実でありましょう。

自分自身、食材に対し、逐一どこの産地のものであるのかを気にするという訳ではないものの、他でも、過度の農薬が使用されているという報道のあった国の野菜等については、どうしても敏感になってしまいます。

しかしながら、近年、一度、誤って、かつて狂牛病騒ぎのあった、その生産国の牛肉を口にしてしまったことがありまして……と言うのも、この料理を提供する所は、豚肉を使っているケースも少なくないことから、和食のダイニングといった所で「肉じゃが」を注文し、特に注意することもなく口にしたところ、牛肉が使われていることに気付き、不安を払拭するべく、主人にどこの産地のものなのか尋ねたら、かえって不安が増大することとなる答えが返ってきてしまい……あれから四年を経過した二〇一五年時点、〝潜伏期間〟

と思いたい。

を考慮しても、体に異常を来してはいないので大丈夫かとは思いますが、いや、大丈夫だ

妄想を膨らませた話をついでにすれば、こんな自分が、今後、仮にそれ相応の社会的地位を築き、この牛肉の生産国に何らかの形で招かれ、そこでステーキ等を振る舞われることにでもなったら、どうしましょう？　全く手を付けないというのも失礼だし、まさか、その場凌ぎに「ベジタリアンなんで……」等と見え透いたウソをつくというのも、人として、どうなんだ？　という思いもあるし……覚悟を決めて口にする外ない？　清水の舞台から飛び下りるつもりで。我ながら大袈裟？　せいぜい、家の屋根くらいからか。

このことはともかく、以前、とある地方へ旅行した際のこと。一応、それ相応のホテルの中に店を構える中華レストランで食事をした時、牛肉を使用した「季節のメニュー」なるものがあって興味を引かれたものの、そこが、一階にあるメインの中華レストランではなく、B1にある、割と安価で提供しているといった所で、更に、その店のオーナーらしき人を始め、スタッフが日本人ではなかった場合、一抹の不安を抱かせるものがあり……。

何か人権問題に抵触するような、いけない言い方をしていることは、十分、承知しております。ただ、こんな言い方をしたからと言って、自身、人種差別主義の立場を取ってい

る訳でも何でもないんですよ。しかしながら、本来、何人だからと言って、色眼鏡で見てはいけないという理想は理想として、一旦、棚上げさせて頂くと致しまして……以前、自分が経験した嫌な思い出から、全くのクリアな目で見られなくなっていることも確かで……と言うのも、たまに、昼食時の食べ放題メニューを利用していた焼肉屋さんがあり、食べ放題だけに原価の安い肉や野菜を使っているのでは？　つまり、国産等ではない、病の発症を危惧してしまうような類のものが使われていたら嫌だと、事前に店へ電話したところ、その人が口にする発音から、確実に日本人ではないと思われる男性が出て、こちらが、店で使用されている野菜は、自身が不安を覚えている「〇〇産」なのかと尋ねたところ、その男性は極めて軽い口調で、且つ、間髪を容れず！

「〇〇産!?　千葉産だよ」

そこで、こちらも受話器を置いたものの、肉について尋ねるのを忘れたと、再度、電話を掛けたところ、今度は、オーナーらしき〝流暢な〟日本語を話す女性に応対してもらい、更にこの人からは、先程とは違う、どこかしら誠実そうな印象を受けたので、改めて野菜についても尋ねてみたところ、その人の返事は、

「野菜は〇〇産を使用しております」

ほら……。しかし、よくも抜け抜けと、「〇〇産!?　千葉産だよ」等と……。

もっとも、受話口で声を聞いただけでは、その人が日本人なのか否かの断定は出来ないとは言え、社会人としての日本人の応対の仕方というものは、「千葉産を使用しております」等が一般的なところでしょ。一歩譲って、「千葉産です」。

それを「千葉産だよ」……だよ⁉ 重ねて、社会人としての日本人の応対としては考えづらいものがある。勿論、こちらとしては、〇〇産の野菜を使用しているのなら、店に行くことは控えるものの、〇〇産を使用しているんだったら、何故、「〇〇産を使用しております」等と言えないのでしょうか。千葉産と偽ること自体、自身に後ろ暗いところがあるのではないかと思ってしまいます。しかも、間髪を容れずに、「〇〇産⁉ 千葉産だよ」――自身、社会生活を送る上での人との関わりの中で、こんな虚偽の言葉を口にしていいんでしょうか。

勿論、明らかに日本人ではないと思われる、この男性と同じ国籍の人達が、皆、揃って、このような人格ではないのでしょうけれども、日本人から信用を得ようというんだったら、あくまでも、〝ジャパニーズスタンダード〟で物事を考えて頂きたい。

もっとも、同じ日本人でも、〝反〟ジャパニーズスタンダードで、食品の偽装問題等を起こす人達も少なからずいるのも、また、事実ではありますが……。

で、旅行先のホテル内での中華レストランの話に戻りますが、ウエイトレスに、使用している牛肉の産地について尋ねたところ、このことについて、自身、揶揄しようとするつもりなのではなく、あくまでも、その時の、日本人ではないと思われるウエイトレスの発音を正確に再現しようとするだけですが、

「ふつぅのぎゅにくです」

うるさいことを申し上げるようで恐縮ですが、産地がどこなのかが気になっている者に対し、そんな答え方で切り抜けようとするなんて、「甘い！」と言わざるを得ない。

結局、その牛肉に不安を覚えたので、オーダーすることは控えましたが……まあ、このことはともかく、現在、発症する可能性が全くないのかどうか、個人的に、確実なところを把握出来ていない狂牛病だとか、一体、どの程度の農薬が使われているのか、把握し難いといった類の輸入物の野菜、あるいは、時として報じられる食品偽装の問題等に対し、神経質にならざるを得ない故、日頃、生活習慣から来る寝不足気味ではあっても、当然のことながら、覚醒剤等に頼り、無理やり眠気を覚ますようなことをするつもりはない訳です。

だって、水道の蛇口から軟体動物よろしく、見たこともない男が、意味ありげな視線をこちらに向けながら、「にゅるり」と姿を現す羽目になるんでしょ。

クラシカルな言い方をすれば、「はあ〜、くわばら、くわばら……」。

医師がその問題を指摘していても、週末の寝溜めで十分。

ただ、仮に同居している家族がいたとしたら、言い争いの種ともなろう、このような生活習慣からも、自身、独身をキープしているということは、正しい判断が出来ているとは思います。それに、以前ある雑誌で、人気漫画家の妻という身の、ある小説家の方が、このご主人が家族というものに全く関心がなく、子供とキャッチボールもしたことがない旨を語っていたことがあり、その胸の内に、どこかしら沈澱しているのではないかと思われる冷たいものを感じたのですが、少なくとも自分の場合、必然的に、相手にこのような思いを抱かせるということは回避出来ているのだから、ま、御の字と言える？

とは言え、仮に自分が結婚したとしたら、いくら何でも、子供とキャッチボールもしないなんてことはないはず。この点については断言出来ます。

キャッチボールと言えば、小泉孝太郎さんが、以前、語っておられたことなのですが、お父さんの純一郎氏が、何かと忙しい身である国会議員だったため、子供の頃、なかなか父と遊ぶ時間がなかったものの、こんな中でも、お父さんは仕事に出掛ける前の、その僅かな五分くらいの時間を、自分とのキャッチボールに充ててくれたそうで、このような、「ほんのちょっとしたことが嬉しかった」と、幸せに感じていらしたようで、仮に、自分の子供が孝太郎さんのような、非常に性格の良い子だったとしたら、自身、結婚に踏み切らないこともないとは言え、奥さんの場合、「五分間のキャッチボール」のようなことじゃ済まないでしょ。色々と有形無形に与えるものが必要でしょ。

まあ、このことはさておき、実のところ、結婚って、自身に希望を抱かせるものなんでしょうか？

二十代の頃、バイト先で知り合った、自分と同い年で、既に結婚している男性がいましたが、その人に、「結婚って良いものなの？」って聞いたら、

「いや、良いって言うか……」

と、それっきり言葉が出てこなかった……。

勿論、彼は、良いとか悪いとかいう以外の視点から捉えられるべきものだと思っていたんでしょうけれども、「言い表すのが、そんなに難しいことなのか？」と思われるこのことについて、言葉が出てこなかったのも、また、事実。

事実は事実――。

以前、叶姉妹の、姉の恭子さんが、「結婚なんて、どこがいいんですか⁉」と語っていたのを、どこかで見聞きしたことがありましたけど、特に、これが女性の言葉ということを思えば、尚更のこと、「潔い」ものを、個人的には感じたんですが。

ただし、これは来世に結婚を先送りしたい意向のある自分のアンテナが、〝悪いサンプル〟

を拾いがちというところはあります。

とは言え、以前、電車内で座席に着いている時、横にいた数人の、推定六十五〜七十五歳くらいの女の人達が話しているその内容が、ふと耳に入ったのですが、

「女はすぐ怒るし、我がままだからねえ〜」

自身も女で、更に、人間がどういったものか、それ相応に深く理解しているだろうといった年輩の人達の意見だけに、これは重いものがある。

もっともこの言葉は、単に自分の息子の嫁のこととかが気に入らないだけなのかも。いや、そうでしょう。我がままで、すぐに怒る女性もいれば、我がままでもなく、すぐには怒ったりしない女性もいる。人間を捕食してしまう極悪な宇宙生物もいれば、友好的で善良な宇宙人だっている。ただ、友好的で善良な宇宙人だったのに、結婚後に人間を捕食してしまう、極悪な宇宙生物に激変してしまう女性だっているのでは？

まあ、これは極悪な宇宙生物というレベルの話では全くありませんが、例えば、既婚者の、男性のお笑い芸人が、自身の結婚生活について語っていたりすることがあり、また、芸人さんの特性として、デフォルメして自身を卑下したりする面もあるかとは思いますが、ある芸人さん等は、毎朝六時に起きて、奥さんや子供、それぞれが食べたい物を作ってあげるらしく、また、反対に、奥さんに夕食を作ってもらう際、何を食べたいのか聞かれた

時には、奥さんが機嫌を損ねたりしないよう、余り、奥さんに負担が掛からないといった料理を挙げることに気を遣い、あるいは、これは一般のケースと比べては珍しく、さほど寒がりではない奥さんに対して、この芸人さんは、かなり寒がりなようで、夜、就寝する際、奥さんの方は、部屋の中に暖房をつけておく必要はないと考えているため、ダウンジャケットを着て、ガタガタと震えながら眠りに就く旨を語っていたりするかと思えば、マメに子供を幼稚園に送り迎えするといった話をすることも少なくなく、ならば、ゴミ出しの担当であること等も、言わずもがななのでしょうし、また、想像するに、結婚後のこの生活振りは、この芸人さんが思い描いていたものとは違うのではないかと。

まあ、奥さんからしたら、随分と重宝な旦那さんなのでしょうけれども、このような立場について、仮に、自分自身に置き換えて考えた場合、毎朝六時（!?）に起きて、家族の食事を用意するですと!?

勿論、そのことを軽視している訳ではなく、また、大変口幅ったいようですが、それは、現世における「自分の使命」とは違うような気が致します。

ま、このことはともかく、もっとも、結婚前と後の変化は、男性の場合でも言えることかとは思いますが、ちなみに自分自身について考えれば、もし、結婚後に変化が生じるとすれば、内包している気難しさが表出されることが予想されるのですが、だからと言って、闇雲に表出される訳じゃない。これは、あくまでも運悪く、自身、「引出し名人」に当たってしまった場合に限ってのことであります。

以前、自分よりも遥かに年下の、付き合っている女子大生に振り回され、言われるがままにキャンパスで全裸になり、その結果、辞職する羽目になった男性の非常勤講師がいましたが、傍から見たら、「自身、とっくに自我が形成されているような年齢になって、何を自分の娘みたいな者に人生を狂わされているんだ⁉」と思いましたが、喩えて言うなら、仮に自分が競走馬で、こんな〝騎手〟を宛がわれた日には、「一歩たりとも!」ゲートから出るつもりはない。それがGⅠレースであろうが、水車ムチの出ムチを食らわされようが、完全競走拒否宣言!
※GⅠレース:(一応、ご説明致します)グレードワン競走の略称で、トップクラスの馬達による、その中でも一番強い者を決めるレースのことです。
※水車ムチ:一九八九年のジャパンカップにおいて、タイム差なしの、当時の世界レコード決着でオグリキャップを降したホーリックスという外国馬に騎乗していた、ランス・オサリバン騎手の、最後の直線でムチを入れるそのアクションを、回転する水車に喩えたもの。
また、次のことについては、JRAのホームページ上の「競馬用語辞典」で説明がされ

ていたので、正確なところを記述したいと思います。

※出ムチ：「出ムチをくれる」といい、最初のダッシュがにぶい馬に対して、あるいはどうしても先行したいときに、スタート直後からムチを使って気合いをつけること。

自分がオーナーや調教師にお願いしたい騎手というのは、レースを迎えるに当たり、動物と触れ合う際のムツゴロウさんもビックリ！　なまでに、満面の笑みを湛えながら、「よ～し、よし、よし♡　よ～し、よし、よし♡」。で、また、こっちがその気になって走り出すも、だんトツのびりっ穴に終わったとしても、「よ～し、よし、よし♡　よ～し、よし、よし♡」。

「それじゃ、うちの亭主がダメになる！」

ま、仮に奥さんの立場にある女性だとしたら、当然、このような言い分もあるでしょう。男性非常勤講師を全裸にさせた女のようなケースは言語道断だとしても、世間では、「落〇のかみさん」だとか「故〇知代夫人」だとかの、手綱をしごいて亭主を操縦するような、下手すれば、「悪妻」と形容されるような女性が、良い奥さんだと評価されることがありますけど、このお二方のようなケースは特別で、一般的には、いくら奥さんが水車ムチのアクションを起こしたところで、必ずしも、ご主人の好成績に繋がるものでもないというのは、世の常なのではないでしょうか。

さ、皆さんは、どのようにお感じになられましたでしょうか。いずれに致しましても、女性は、「ちょ〜甘口」でお願いします。「とろける程にスイーティ」を所望致します。且つ、口当りの良い料理のように、「うわっ！　柔らかあ〜い」「ふわっ、ふわ」を希望します。

付け加えるなら、「旦那様、家のことについて等、何も心配なさらず、どうか、ご自身の心の赴くままに生きて下さいまし♡」等と口に出来る人なら、言うことはないんですが、地球上にこのような女性が、三人くらいは存在していないものでしょうか？

ただ、こんなことを書き連ねていると、「女性を、一体、何だと思っているんだ⁉」とのお叱りを受けてしまいそうですが、まあ、意味のない妄想に興じているだけですので、悪しからず。

もっとも、自身、「毒舌芸人」、あるいは「毒舌タレント」等ともてはやされ、受けるための、闇雲に相手をディスるような行為とは、一線を画しているつもりではいるのですが、とは言え、〝炎上流行り〟の昨今、いつ、どこで、誰かの怒りの導火線に火を点けるのか、分かったものじゃありません。

ただし、分かり過ぎる程分かったものも、中にはあり、例えば、以前、都知事選で、立候補していた一人の女性に対し、「大年増の厚化粧」等という言い方で揶揄した、こういった話題でお馴染みの、和製〝プチ〟トランプ氏とでも言うべき（ご本人からは、プチ等と、スケールダウンしたような言い方をするなと、お叱りを受けそうではありますが）、「あのお方」がいましたが、自身、作家として執筆されてもおられるのだから、仮に、ご自身の著書の中でこういう表現をしたら、確実に、編集者から表現の仕方を改めるよう求められることが「容易に想像出来るでしょ」と思うんですが、それとも、ご本人が偉くなり過ぎて、編集者もノータッチということになるんでしょうか。

もし、自分が著書の中でこのような表現をしたとしたら、担当の編集者から、差別を助長するような表現は避けるよう、提案されること必至です。

ちなみに、相手をディスるような手法を〝得意技〟としている毒舌芸人やタレントにしても、仮に、こういった人達に出版社の編集者のような人が付いていたとしたら、表現を改めるよう求められるところが、多々あるように感じます、畑違いの人間が言うべきことでもありませんが。

もっとも、昨今、倫理に沿ってと言うより、TV局に苦情が寄せられるからか、番組を担当するディレクターが、こういった毒舌芸人やタレントに対し、下手に視聴者を刺激するような発言は避けるよう、要望しているといった話を耳にしたことがあります。

それと、ディスる云々の話ではありませんが、ボケと突っ込み役の漫才コンビで、ボケ役のその言葉に、突っ込み役が、かなり勢いよく相手の頭を叩いている場面を目にしたりしますけど、素人目にも、一回頭を叩かれる毎に、かなりの数の脳細胞が死滅していっているんじゃないのかと想像すると、これが何十年と続いているコンビだったとしたら、この先、もっと年いって、何らかの障害が出てくるんじゃないかと危惧するものがあるんですが、今、「何らかの障害が……」という言い方に止めましたけど、例えば、これを「本当にボケちゃうんじゃないか」等と表現した場合、どこかしら認知症の高齢者等と響き合うものを感じさせ、介護に携わっている家族等に不快な思いをさせてしまう？

いや、こんなことを言い出したら、そもそも、「ボケ役」なんて言葉はＮＧ？

特に「不寛容社会」とも言われている昨今の日本では、子供達にゆとり教育を施していた時代があったことに反し、勿論、その世代を特定して非難するつもりではありませんが、自身にゆとりがある反面、他者に対するゆとりというものが、もう少しあってもいいのでは？　とも感じたりします。自己弁護ということではなく、一般論としてですが。

その不寛容社会の一例として、二〇一六年に熊本を襲った大地震があった際、この県在住の女性タレントが、自身のブログで、悲惨な目に遭った旨を記述したところ、「悲惨なのはお前だけじゃない！」という非難の声があったことを、以前、ＮＨＫが伝えていましたが、個人的には、同情する気持ちこそあれ、そのような感情を抱くことに、非常な理解を要するものがあるんですが、このようなケースを見るにつけ、自身、表現者の一人として、改めて、表現することの難しさを感じます。

と同時に、表現って、批判の対象となる発言者のそればかりが問題提起されるべきものなんでしょうか。傍から見れば、「この人、何様？　批判している相手は自身の部下で、この人は軍曹か何か？」と感じられるような、お前呼ばわりに、激しく強い口調にはお咎めなし？

果たして、相手と面と向かった時でも、これと同じ言葉、同じ口調で話せるものなんでしょうか。どこの誰とも分かりづらいネット上の書き込み故、自分でも気付かない内に、変に気が大きくなってしまっていたり、相手に対する配慮が欠けてしまっていたりするところもあるのでは？

仮に相手と対面した時、「ネット上の鬼軍曹改め」、笑顔を見せながら会釈でもするような好青年、感じの良い女性等だったとしたら、それは日本人の弱さ、アンフェアなところと感じます。

このように、どこかで自身を顧みる思いがあれば、抱いている気持ち自体は変わらなくとも、「悲惨な思いをしているのは、あなただけではないのでは」くらいの表現に改めることは可能でしょう。

また、こういったネット上の書き込みだけではなく、例えば週刊誌の記事等にしても、もっとも、あえて対象者を侮蔑するような言葉を見出しに用いること等で、読者の興味を引こうというところもあるのかも知れませんが、重ねて、出版社から、差別を助長するような表現等は控えるよう、求められているような身としては、「いいんでしょうか、それで？」と思ってしまいます。

確かに、この国では表現の自由が保障されていますけど、そもそも表現って何？　表現の自由って何？

自由って、ある意味、ホラー映画よりも恐ろしいのでは？　と言うのも、編集者の提案を伴い、作家が著書を完成させるようなケースは別として、全ての権限が自分自身にあっては、履き違えれば、「何をやってもいいんだ」と、「表現の場における独裁者」にもなり得るという訳でしょ。

そこには、配慮も内省も品格もなく、これらが生み出す〝怪物〟の姿を想像する時、恐ろしささえ感じます。

そもそも、相手を侮蔑するようなものも含め、負の言葉には、当然のことながら、何らプラスの要素がない。「言霊」なんて言葉がありますけど、こういった負の言葉が、数多く日本列島を覆ってしまったら、この国の運気にも関わってきてしまうのでは？

じゃ、配慮、内省、品格があるのかを自らに問う場合、これはこれで難しいものがあり、一応、本人としては、〝曲りなりにも〟というつもりではいるんですが、とは言え、表現者の一人として、日々是勉強ではあります。

まあ、このことはさておき、少なくとも、非現実的な妄想を膨らませている方が、仮に結婚後、「引出し名人」に当たってしまった場合の、自身が内包している気難しさを表出させるよりもいいのでは？　誰に迷惑を掛ける訳でもないし……。

自分自身、前述しましたように、本質的には作家等とは思っておらず、映画制作に携わることを妄想している「無所属」の人間なので、〝少なかれ〟の方ではあるのですが、多かれ少なかれ、物書きなんて気難しい人が多いでしょ。

かつて、地球上の人口が五〇億を超えた時、人間が息を吐く際の二酸化炭素の放出量と、植物が放出する酸素の量とのバランスが危惧されたことがありましたが、日本でも放送された、アメリカのニュース番組の中でインタビューを受けていた、ある大御所の作家は、眉間にしわを寄せて青筋を立てながら、自作の中で、その問題についての警鐘を鳴らしていたはずだとの旨を語り、怒りを露にしていたのに反し、切り替わった画面の中で、やはりインタビューを受けていた、あるミュージシャンは、自身の耳の奥で奏でられているメロディに合わせるかの如く、左右に体を揺らしながら、「人類五〇億人目の誕生を皆で祝いましょう。神から授かった命が、また一つ増えたのです」。

確かにニュース番組の編集の仕方により、見方によっては、後者はオチの役目を担うような羽目になりましたけど、いや、素晴しいですよ、その美しき心。仮に自分が女性だったとして、それが正論であったとしても、神経質に青筋を立てているおじさんと、心に平和のメロディを奏でている男性、どちらに惹かれるかと言えば、答えは明白。古今東西、不動の人気を誇るのはミュージシャン、音楽の分野というのは必然的なことです。

そりゃ、クラスの中でいっぱい本を読んで、知識も豊富にあるような奴は、あくまでも一般的なイメージとして表現するなら、ということですが、能天気な体育会系やお笑い軍団等に比べて知的水準は高いのでしょうけれども、例えば、物議を醸した、かつて、自身が一四歳の時に殺人の罪を犯した男が執筆した著書の中で、自身が事件を起こした年の夏に、某ニュース番組の中で企画された、視聴者参加型の討論会で、ある十代の男の子の質問に、ゲストとして呼ばれていた作家等のコメンテーターは、誰一人として答えることが出来なかったとしていた、「どうして人を殺してはいけないのですか?」等という問い掛けは、一見、インテリジェンスに満ちたもののようであっても、個人的には、「じゃ、人を殺しても良い理由なんてあるんですか」と問いたい。

そもそも、自身も、また、命ある存在としてこの世に生を享けたのに、他者の命を奪うことに疑問を呈する、あるいは嫌悪感を抱かないことに対し、嫌悪感を覚えるものがある。心で感じるのではなく頭で考えるから、「何故、人を殺してはいけないのか？」等という言葉が口を衝いて出る。

知性って、一体、何なの？

それに、前述した大御所の件だけではなく、それ相応の地位を築いている作家の中には、もっとも、これは作家云々と言うより、高い社会的地位にあることによる、人として陥り易いことなのかも知れませんが、例えば、取材に訪れた記者が、自身の代表作を読んでいなかった場合、社会人としてのマナーに欠けると思っているのか、それとも、一読者として食指が動かされるのは当然だと考えているのか、不機嫌な態度を示すような人がいることを耳にしたりしますけど、しかし、どういう感覚なんでしょうか、これって。

勿論、前もって、相手が本を読んでいるに越したことはないですけど、本なんて儀礼や義務等で読むものではないし、儀礼なんかで読まなければならないとしたら、その時間は苦痛以外の何物でもなく、一層、活字離れに拍車を掛ける一因にもなってしまうのでは。

そもそも読書という行為、元を辿っていくと、その時点で、早くも、関わってくるべきではない「義務」が、幅を利かせているように感じます。

例えば、小学校の夏休みの宿題の一つである読書感想文にしても、あれ、学校側が指定したものを読ませるのではなく、生徒それぞれに、自分の読みたいものを選ばせたらいいんじゃないかと思うし、また、読みたい本がないんだったら、マンガだっていいし、あるいは、極端な話、アニメだとかＴＶ番組を対象にしたっていいのではないかと。

読みたくもないものを学校側に押し付けられる形で、しかも、おそらくは多くの場合、夏休みの終了間近になって、提出期日に間に合わせるための〝やっつけ仕事〟で本を読み、感想文を書いたところで（しかも、自分の場合なんかは、父親に丸投げしていたし）、これが子供達にとって、また、教育する学校側の視点に立った場合でも、こんな形式的で画一的な教育を子供達に施したところで、果たして、どれ程の意味があるのか、甚だ疑問です。

反対に、自分の好きなもの、自身が本当に読みたいと思っている本やマンガ、あるいはアニメ等について語ろうとするのなら筆も動き易いだろうし、楽しいと感じるかも知れない、その執筆するという経験が、やがて、他者の執筆したものに対する興味へと繋がっていく余地だってあるかと思うのですが、どうでしょう？　尾木ママこと尾木直樹さん辺りの賛同を得られませんか、これ。

そもそも、日本と違ってアメリカの夏休みなんか、長いところでは三ヶ月もあるのに、一ヶ月ちょっとしかない休みの期間に、子供達に宿題なんてさせようとするその考えは、古色蒼然としている。もっとON、OFFのメリハリを付けてもいいのでは？

あるいは、著者の側に注目した場合でも、例えば、華々しく文壇にデビューしながら、その後、自身の書きたいものが見付からずにスランプに陥り、先輩の作家に助言を求めるといった人がいたりしますけど、こういうことについて、個人的には、書きたいものがないんだったら、何も無理して書く必要はないと思うんですが。

作家にしたって、読み手が儀礼や義務で読まないといけない場合等、何ら自身の細胞が喜ぶものにはならないのと同様、「しなければいけない」という思いで書いたものが、果たして、読者に対し、どれだけ伝わるものがあるのかと思うし、仮に書きたいものが、一生の内に一つだけだったとしても、無駄に数だけ増やすくらいなら、その一つだけで十分だと感じます。

また、「しなければいけない」ついでの話をすれば、ある女優さんが、トーク番組の中で、自身、俳優を続けていく上で、何かしらのプラスになるだろうとの考えから、古典の名作と位置付けられているような小説等も読むべきと、その思いを語る際、「勉強しなきゃならないと思って――」と口にしていましたが、勿論、その建設的な心構えは尊重致しますが、個人的には、「勉強」＋「しなければいけない」＝「殆ど、自身にとって身に付くものとはなり難い」と考えます。

食べ物にしたって、栄養があると分かっていても、それが自身にとって苦手なものだったら、口にしたところで、おいしいとは感じない。つまり、自身の体が喜ぶものでも、細胞が活性化されるものでもないのに、効果の程は、どれだけのものなんだろうかと。

ちなみに、個人的には、別に昆布巻き（〝等〟と続けるのは、昆布で生計を立てている方や海藻ファン（？）に、感じの悪い響きを与えてしまうでしょうから、控えますが）を食べなくても、健康は維持出来るし、ましてや、もずくについては、言うまでもなく……。

若干、逸れた話を軌道修正することに致しまして、以前、確か油井亀美也さんだったかと思うのですが、日本人の宇宙飛行士と会う機会を得た小学生の子供の一人が、この方に対する質問として、日頃の勉強に関し、やる気が出ない場合、どうしたらいいのかを尋ねた際、「いきなり難しいことをしようとせず、簡単なことから始めればいいのではないか」といった旨のアドバイスをしていたことがあり、その意見には同感であると同時に、もう一つ、自分が思うに、やる気が出ないんだったら、やることはない。実際には、やる気が出ないという、本人にとって身に付き難い状態なのに、教科書を開く等という形ばかりのことをして勉強した気になり、安心するのが一番よくない。

こんな意味のない時間を過ごすくらいなら、何もしない方がマシと言うより、しない方がいい。何もやらないということを続けて危機感を高め、自然とやる気が湧いてくるのを待った方がいい。で、一生待っても、やる気が出てこないのなら、これは、もう、自分で責任を取るしかないでしょう。

またまた、話は若干逸れましたけど、これから会うその作家が、仮に社会的地位の高い人だったとしても、前述したことからも、どれ程の意味があるのかという、儀礼や義務で著書の内容を頭の中に入れておく必要は、特にないと思いますが……。

作家の側にしても、仮に、代表作の著書が、百万部なり二百万部なりの実売部数のあったものだったとしても、言い換えれば、日本人の一億二千四百、五百万の人達が読んでいないってことでしょ。自身の著書が二百万部も売れたのか、それとも、一億二千四百万人もの日本人が目にしていない本に過ぎないものなのか、そのどちらで捉えるかによって、他者に対するその振舞も変わってくると、つまりは、相手が自身の著書を読んでいないからと言って、不機嫌な思いを抱くようなこともないと思うし、あるいは、何かの賞を取った本だったとしても、必ずしも、「肩書」が人の心を捉えるとは限らないんですから。実際、映画ファンの一人として、自分の一番好きな作品は、アカデミー作品賞の受賞を逃した『ライトスタッフ』ですし。

そもそも、教師や医師でもないのに、「先生」等と持ち上げた言い方をすることもよくない。モグワイがモンスターへと化した、そのグレムリンに餌を与え続けるようなものでは。海外でも、作家のことを先生等という呼び方をしているんでしょうか？　一体、誰が、こんな呼び方を始めたんだ⁉

編集者とかが、太鼓持ちのような気持ちで口にしたのが始まりじゃないかと想像しますけど、この〝よいしょ〟を当り前のように受け止め、また、これが今日、定番となってしまっているとは……厚顔無恥とまでは言いませんが。

で、付け加えるなら、「先生」等と持ち上げた言い方をする者が、必ずしも、一票を投じる〝有権者〟等と思ったら、これまた大間違いで、昔、あるラジオ番組で、その当時、人気の高かったアイドルの女の子が、今度、番組にゲストとして来るという話になった際、そのアイドルにまだ会ったことがなかった、アシスタントを務める女性タレント達が、パーソナリティに、どんな人なのかを尋ねた時、そのパーソナリティはディスる言葉を口にしたにもかかわらず、実際にアイドルの子がやって来た時には、まるで僕《しもべ》のような態度で、「本日、愛嬌を振り撒く特売日」であるかの如く、そのアイドルの名前を挙げて「〇〇先生！　〇〇先生！」と大連呼していたのを耳にした時には、「人間、先生なんて呼ばれるものじゃないな」と感じたものですけど、ま、このことはともかく、やはり、自分自身は生涯一生徒として、「無所属」続行を宣言したいものです。

またまた、少々、話は逸れましたが、映画制作に携わることを妄想している者が勘違いしていたことの一つとして、以前、誰かが「映画は総合芸術である」と語っていたことに対し、「そうでしょ、そうでしょ。だって、脚本を担当するライターにしても、音楽を担当する作曲家にしても、衣裳を手掛けるデザイナーにしても、皆、全体集合である映画に対しての一部分に過ぎないんだから」との思いを抱いていたものの、ある時、ふと、「あれ、もしかして、音楽には敵わないんじゃないのか？」と——。

と言うのも、あるバラエティ番組の企画で、芸人が無人島で生活する姿を追った映像を観た、スタジオにいる出演者の一人が涙を拭っている場面を目にしたことがあったんですが、これって、その際に使われていたＢＧＭに感動しているところの方が大きいのでは？と感じたんですよ。と言うのも、仮にＢＧＭがなかった場合、特に見る者の涙を誘うようなものではなかったので。

例えば、初めてその映画を目にする時、仮に『スター・ウォーズ』のオープニングが〝無音の状態〟だったとしたら、観客は、そこにジョン・ウイリアムズ氏作曲・指揮による荘厳な旋律を耳にすることは出来るものなのか。あるいは、『世界の中心で、愛をさけぶ』のラストに、平井堅さんの熱唱と共に、『瞳をとじて』のメロディが奏でられていなかった場合、いた場合と比べて、果たして、観客の流す涙の量に違いはないものなのか等と考えると、音楽によるところは大きいなと思い至る訳です。

ちなみに、このジョン・ウイリアムズ氏について、自身、勿論、実際にお会いしたことはないものの、同氏の人柄が偲ばれるような場面を目にしたことがあって、それは、日本でインディ・ジョーンズシリーズの二作目が公開されるに当たり、日本のTV局のスタッフが現地へ取材に訪れた時のこと、撮影現場にはスピルバーグ監督の他にウイリアムズ氏もいて、そこにピアノがあったことから、同氏にTV局のスタッフが、即興でスピルバーグ監督のテーマ曲は作れないものかと頼んだところ、スピルバーグ監督は照れながら、その質問を遮るようにして、「いや、いや、自身のテーマ曲は、自分が一番よく分かっているから、その必要はないよ」と言うや、一番低い音が出る方の鍵盤を両手で強く叩いた際、ウイリアムズ氏はハッとしたような、少し驚かれた表情をされたものの、その後でスピルバーグ監督が「時々、こんな風」と、今度は一番高い音が出る方の鍵盤を、人差し指で、何度か軽く弾いているのを見て、安心したように表情を緩ませていたんです。

この場面を目にした時には、人情の機微を察せられる人だという印象を持ったものですが、このことはともかく、作家の中には、自身の筆力によって、実際には聞こえていない音楽を、読者に耳にさせることを可能にするべき、あるいは、何かと軽んじられることも少なくないからか、お笑い芸人の中には、そのことに不満を抱いているのか、もっと正当な評価があって然るべきと、「本当は、お笑いは凄いんだから」と主張する人もいるし、また、自身、様々な分野についての評価を貶めるつもりは勿論ないものの、個人的な実感として、「ミュージシャンには敵いませんよ」と、〝音楽最強説〟を唱える次第です。

それはそれとして、自分が妄想のレベルでなってみたいのは映画監督です。

もう、何度目なのかというくらい、話が、大分、本筋から逸れ、また、ここに繋がる本筋が何だったのか分からなくなっていますが、想像するに、非現実的な妄想を膨らませていることが好きだという自身の特性が、結婚に、もっと正確に言えば、現実が満載されていると想像される結婚生活に対し、「何か気が向かない」「乗り気になれない」のではないかと。

だからと言って、自身、現実的なことに対応出来ない人間では、決してないんですよ。ただ、現実的なことに対応するのは、どこかしら、義務を伴った「お仕事」という感が否めない。そして、多かれ少なかれ、人間、仕事と捉えていることに対し、果たして、どれだけの幸福感を得られるのか。

例えば、会社勤めをしているサラリーマンの中には、明日、月曜を迎えるに当たり、「あ～あ、また、明日から会社が始まるのか」と、公言は出来なくも、若干、憂鬱な気分になる人だっているのでは？

あるいは、三代目の若乃花は、現役時代、度々、自身のやっていることについて、どこか冷めた感じで、「仕事ですから」と口にしていたことがありましたが、こんな言葉を耳にするにつけ、自分は、「自身の特殊技能を活かそうと相撲取になったんだろうに」と、つまり、進んでやれるだろう故、どこかしら「やらされている」といった面もある印象の、仕事という捉え方に違和感を覚えたものですが、後に現役を引退されてからのご本人の、「本当は、相撲は好きじゃなかった」の言葉に「なる程」と、父親である、故貴ノ花の意向を汲み、敷かれたレールの上を歩まされていたところがあったからなのかと納得がいきましたが、自分自身、「何も考えていなかった」子供や学生の頃は、その者にとっての〝お仕事〟とも言える、学校通いをしていましたが、「自身が何になりたいのか？」を考えるに至り、「義務」でも「やらされる」ことでもない、創作活動に取り組む道を、まあ、実際には、その後、紆余曲折はありましたが、選ぼうとした訳ですよ。

なら、自分にとっての結婚はお仕事になってしまうのか⁉　いや、結婚自体はともかく、結婚生活を営むことは、少なからず、人類にとってのお仕事ですよ。果たして、そこにドーパミンの放出は可能なのか？　高度な幸福感を得られる余地はあるのか？　……。

余りにも現実感満載の予感がする結婚生活……。「自分自身が、いつ何時、ストレスフリーの精神状態でいられる、その、〝基本中の基本〟である、奥さんの『通年の人格』が、口当りの良い料理のような、『うわっ！　柔らかあ〜い』『ふわっ、ふわ』という可能性は、限りなく０に近いような気が……」「お互いに独立して仕事を持ち（経済的に可能ならば、必ずしも、相手が職に就く必要はないものの）、別々に居を構える、別居結婚（家庭内別居とは全く違います）を認めてくれはしないか」「家事や育児を丸投げしたら奥さんばかりに負担が掛かってしまうので、その妥協案として、多少、費用が掛かっても、家事代行サービスやベビーシッターに一任することに同意してもらえませんか」「自分が家族と会うのは、三ヶ月に一回くらいの割合で良しとさせて頂きたいのですが」。

無責任……我ながら、超無責任……。このような自身のスタンスとは正反対に、以前、爆笑問題の田中さんが、子連れの山口もえさんと再婚するという報道があった際、交際を続けている間、田中さんは、もえさんの子供達と一緒にお風呂に入ったりと、自身の子供のように接していたようでしたが、何で、こんなに「偉大」なんでしょうか。

また、体操の内村航平選手にしても、数年前、自身が手掛けた曲を世界的な規模で大ヒットさせ、ブームを作ったピコ太郎の物真似を、お子さんからリクエストされ、応えてあげるという話も聞いたことがありますけど、あんな滑稽なパフォーマンスを、気恥ずかしさを超えてやってあげるなんて……。

自身、「夢を好物にして生きている」故、獏になることは出来ても、バカになり切るには、非常に抵抗感があります。

あるいは、自分が二十五歳くらいの頃、同じ年齢で既に家庭を築いている方が、一般人参加型のTV番組に出演した時、自己紹介の際、三歳くらいの息子が、『仮面ライダー』が好きだということに触れ、お母さんに促されたお父さんが、ライダーの変身パフォーマンスを披露していて、まるで「昭和のお父さん、お母さん」のような温かさに尊敬の念を抱いたことがあったんですが、そう言えば、内村選手は、風呂掃除もやってあげるんだとか。いや、「やってあげる」等という言い方は不適切？

まあ、これについては世の常識というものなんでしょうけれども……風呂掃除を自分で？ これが世の常識として定着してしまっているのは、非常に困ります。

我ながら、浮世離れしているようで引け目を感じるところもあるんですが、「それは、お手伝いさんや家事代行サービスにお願いしましょうよ」。

勿論、自身のこの言い分に、多くの異議申立てがあるのではないかと想像致しますが、とは言え、現在、広く知れ渡ってはいませんが、自身、日常の世界における「非実用的な人」、言い換えれば、現実感が満載された世界では、余り出番のない「オタクな人間」が感じる戯言として、聞き流して頂ければ幸いです。

この他でも、世の中には、男手、あるいは女手一つで我が子を育て上げる、立派なお父さんやお母さんだっているし、何で皆さん、いや、実際には、我が子を虐待死させるような親もいるのだから、皆さんではないものの、こんなに偉大なんでしょうか。

しかしながら、仮想の結婚生活について無責任なことを書き連ねているからと言って、自身、いい加減な人間では「決して！」ないんです。と言うか、あくまでも、自己評価ではありますが……。

創作活動に対してだって、重ねて、自身の判定では、誠実に取り組んでいるし、それ故、自身、結婚することに対し、大いに気が進まないのは「何故なんだ？」と自問するに、その答えとなるものを見付けたことがありまして、と言うのも、スピリチュアルの世界の見地からは説明の付くものらしく、江原啓之さんによれば、本人も気付かない心の奥では結婚を望んでいないのに、世間の価値観に対する気後れから、結婚出来ないことに悩んでいる人も少なくないそうで、これについての真相というのが、前世では人のために尽くす人生だった故、つまり、魂がその課題を全うしたため、現世では、あくまでも自身の人生を謳歌するために生を享けたのだということが分かっていないが故に、悩みを抱えてしまうらしく、また、こういう人が、自身の本当の心に逆らって無理にでも結婚した場合、必然的に、本人にとって大変な重荷と感じられるものとなってしまうそうで、この見解は、全く、自分自身についても当てはまっていることを強く感じるのですが、いや、何も、スピリチュアルの世界の見解を待たずとも、現世における結婚生活の真実が、一体、どのようなものなのか、身の回り等の様々なケースについて改めて検分した場合、例えば、外資系のコーヒーショップで飲食していた時、隣の席にいた二十代くらいと思しき女性が、同席している女友達に、自分の夫に対する不満といったものを〝遥かに凌駕〟した、罵詈雑言を並べ立てているのを耳にしたことがありましたけど、まあ、話の内容から、そのご主人もご主人ではあるようなんですが、

「あいつ、沈めてやるよ」

自身、この、俗に用いられる際の、「沈める」の意味合いを正確に把握している訳ではありませんが、大体、相手が立ち直れなくなる程の、精神的な打撃を与えてやるといった意味で使っているんでしょ。こんな「おぞましい」言葉が、女性の口を衝いて出るなんて……はあ〜、世も末です……。

更に、既に夫との離婚を決意しているらしいこの女性の脇には、未だ一歳にも満たないだろう自身の子供がベビーカーに乗せられていて、この女性は我が子に顔を向けながら、同席している女友達に、

「この子が大きくなったら、お前のお父さんは死んだって言ってやるよ」

♫　私のお〜お墓の前で〜　泣かないで下さい〜〜

いや、一応、〝いいサンプル〟だって、拾ってはいますよ。

例えば、スポーツ紙等が伝えたところによれば、夫に育児放棄されるだけではなく、別の女を作られた末、結局は離婚という道を選択せざるを得なかったある女性タレントがいましたが、こんな自身の境遇を嘆く訳でもなく、「子供達と一緒に、今後とも、前向きで誠実な人生を歩んで参りたいと思います」とコメントしていたのですが、素晴しい心構えだと思ったし、このような人間性故か、この方は、その後、立派な肩書を持つ男性と再婚されました。

そう言えば、今度はまた別の日に、外資系のコーヒーショップを利用した時の話で、やはり、隣の席にいた、年輩のおじさん、おばさん達の会話が耳に入った際、そのおじさんは、結婚したその男女についての、自身の見解を口にしていて、この人によれば、人間性という意味だと思いますが、「同じようなレベルの者同士がくっつくんだよ」と語っていて、自分も、その言葉には、どこかしら納得出来るものがあり、例えば、前述した、「あいつ、沈めてやるよ」等という、不穏な言葉遣いをする女性には、そのような言葉を口にせざるを得ないような男性がくっついてしまうという、まあ、鶏が先か卵が先か、といった話になるのではないかと。

勿論、人間の心の状態なんて、上がったり下がったりするものでしょうから、この女性が、未来永劫、平気で、「沈めてやるよ」等と口にするような人間ということでもないのでしょうけれども、少なくとも、自身がこの言葉を口にした時には、そこには、置かれている境遇等、多分に外的な要因があったとしても、自分自身も、また、沈めてやりたくなるその男性に似つかわしいような存在だったのでは？

と言うことは、自分自身について考えてみた場合、土曜の午後六時過ぎに起きているようでは、社会的地位の高い男性と再婚した女性タレントの前夫のように、育児放棄する可能性が大（⁉）だし、また、これに見合うような女性と一緒になってしまうのか⁉

ただ、「最大限に自己弁護」させて頂ければ、土曜の午後六時過ぎの起床は、人間性ではなく、乱れた生活習慣によるものかと思うのですが、これはこれで、自身のだらしなさから来るもの？

ま、このことは、余り深く考えないように致しまして、例えば、作家として自身のキャリアをスタートさせたある有名人について言えば、この人の子供の話によると、お父さんは「酒も飲めない子供と一緒に食事なんて出来るか⁉」と、夕食時には兄や弟とだけで食卓を囲んでいたというエピソードを披露していたことがあり、更に、自身が大学を卒業してしばらく経った頃、このお父さんから「お前、大学は卒業したのか？」と、「今更!?」なことを聞かれたこともあったと語っていましたが、想像するに、子供達に関心の薄いようだった、こんなお父さんでも、その子供らを見る限り、まともに育ったという感じで……。羨ましい。こんな我を通すお父さんにもかかわらず、子供は、ちゃんとした人格を具えた大人になれるんですから。

自分も、自身の子供がこのように育ってくれるのだったら、現世で結婚を検討しても良い？　いや、普通は、こんな楽々と事が運ぶということはないでしょう。むしろ、髪の毛を「けばけばしく」、あるいは「毒々しく」着色し、且つ、それが女の子だったとしたら、「おどろおどろしい」メイクを施しながら非行に走り、「裁判沙汰」になるようなことをしでかした後、法廷で、その子供が「わなわな」させた、その口から絞り出す言葉は——。
「父親から愛情を注いでもらったことなんて、一度もなかった……」

自身、結婚という宿題については、来世に先送りさせて頂いた方が賢明なようです。

そもそも、ある時、スポーツ紙の紙面で、その何たるかが分かっていそうな、結婚歴二十数年の、ある男性のお笑い芸人が、まだ結婚して二、三年という相方に、結婚生活が上手くいく、その心得を説いていたのですが、その言葉というのが、
「我慢よ。これしかない」

……絶望……。

しかも、この芸人、TV番組出演時等の振舞を見る限りにおいては、まあ、セルフプロデュースから来るキャラクター作りという面もあるのかも知れないものの、傍若無人といった印象があるだけに、つまり、「我慢」等という言葉が自身の辞書には載っていないような人物が口にしただけに、この言葉は、自分に「重く」伸し掛かってしまいました。

また、身の回りでも、やはり、結婚歴二十数年という小学校の同級生に、結婚生活が上手くいく、その秘訣を尋ねたところ、答えは同様の、「忍耐ですよ」。

まあ、一歩譲って、あえて自身を卑下して言っていたのかも知れないものの、やはり、「我慢」だとか「忍耐」が、結婚生活の真実であるような気がしてならない。

我慢、忍耐って、そんな……。

一体、人類は、何のために結婚する必要があるんでしょうか。本能として具わっているだろう子孫を後世に残すために？　子孫を残すためには、それも止むなし？　意識が遠のきます……。

いや、こんな言い方をしたからと言って、自身、我慢等という言葉とは無縁な人生を送ってきた、そのような忍耐力のない性格を形成している訳では、決してないんです。

むしろ子供の頃等は、まあ、大体、他の家庭と一緒だとは思いますが、自分の親は、子供の教育上のことを考え、子供の望むままに、オモチャや遊具を買い与えるようなことはせず、また、自分自身も子供ながら、漠然とはそのことを理解していて、例えばある時等、母親と一緒に外を歩いていて、オモチャ屋の前を通り掛かったその店先に、気を惹かれる怪獣のオモチャが置かれていたとしても、「今日は買わないよ」の母親のその言葉にも、自身、駄々をこねたりすることもせず、物分かり良く、「うん、見ているだけだから……」。

健気過ぎます、四、五歳の頃の自分……。

ただし、これを大人になっても続けていかなければならないのでしょうか。自分でお金を稼ぐようになっても、仮に結婚していたとして、奥さんから、

「明日の天皇賞、馬券は買わないでね」

等と言われて、自分は、

「うん、ＴＶで観ているだけだから……」

何で、こんな言葉を口にしなければならないのでしょうか。

一体、いつまで我慢しなきゃならないんだ？　死ぬまでなのか⁉　現世での楽しみを求めてはいけないんでしょうか⁉

一般の人達を引っ掛けるドッキリ番組で、ある家庭で奥さんのことを騙そうと、ご主人

が奥さんに内緒で、一千万円単位の車をローンで買ったということにし、その奥さんの反応を見てみようというものがあり、怒られるか呆れられるんじゃないか等と予想していたところ、最初こそ動揺が見られたものの、この奥さんがとても出来た人で、ご主人に対し、「今まで色々と我慢してきたんだから、いいじゃない」の、その言葉に、思わずご主人は目を潤ませてしまい、これはこれで美しい光景だとは思いますが、同時に、ある意味、これが結婚生活というものなのかと。

喩えて言うなら、ギラギラと太陽が照り付ける砂漠の中を、ふらふらになって歩いていくその先に現れた池を見て、「天からの恵み」だと、頬を感激の涙で濡らしながら、有難く感じる……しみじみ過ぎます……。

♪　しみじみ飲めばぁ　しみじみとおう　おう　おう〜〜

生きる喜びを「しみじみ」とでしか感じさせてもらえないのでしょうか？　故フレディ・マーキュリーがボーカルを務めた、クィーンの演奏による『伝説のチャンピオン』のように、「高らかに」謳い上げること等、夢のまた夢なのか⁉

しかも、この奥さんのケースは最高、最上であって、当然、最低、最悪の結果が待ち受けていることだって、つまりは、灼熱地獄の砂漠の中、コップ一杯の水すら与えてもらえず、「スルメのように」干からびて死んでいくケースだってある訳でしょ。

鬼ババアが出てくるようなホラー映画の中で、このババアに「無惨に食い殺される」犠牲者となってしまう可能性だって、無きにしも非ずなんでしょ。

例えば、まあ、これは鬼ババアというケースではなく、TVのリモコンを切り替えている時、偶然、目にしたんですが、そこでは、熟年離婚したその一方の、ある男性を取り上げていて、この方が、どのような結婚生活を送ってきたかと言えば、ご自身にしてみれば、家族のためを思い、身を粉にして働いてきたような人生だったものの、奥さんや子供達からすれば、家庭を顧みない父親だと受け取られていたらしく、結局は、離婚ということに至ってしまったようで、また、この男性の場合、この先、無縁仏となる我が身を憂い、悲嘆に暮れていたのですが……はあ〜〜〜っ……他人事ながら、はあ〜〜〜っっ……。

で、次に、これは鬼ババアというケースですが、健康情報番組で取り上げられていた実話で、ある一家では、どうも、旦那さんが、奥さんや娘から大切に扱われていなかったようで、長年に亘る、そのような、心身共に受けるダメージの蓄積が祟ってか、遂には、体を動かすことの出来ない身となってしまい、病床に伏す父の姿を目の当たりにし、そこで初めて、娘が父親の手を握り締めながら、「これからは、私が、お父さんの手となり、足となってあげる」との言葉を口にする、その再現ドラマを目にしたMCの男性が、「上手く切り抜けやがって！」と憤慨していて、まあ、勿論、この家庭の場合、傍から見ただけでは窺い知れない、ダイジェストで描かれたものだけでは捉え切れないところもあるかとは思いますが、病院のベッドに横たわるこのお父さんは、娘から手を握られ、感慨深く、頬に涙を伝わせていたのですが……お父さん、人が好過ぎます……。

まあ、それ故、この方にしてみれば、「それでも、幸せ」なのでしょうけれども……げっそり……他人事ながら、げえぇっっそりぃっっ……。

げっそり、げんなり、どんより等と、ラップにもならない韻を踏みながら、絶望感を伴った、非常に暗い気持ちに陥ってしまいますが、このことはさておき、女性の側からしても、クソじじいに、なぶり殺されてしまうケースだって、ある訳じゃないですか。

以前、長年、夫からＤＶの被害に遭ってきたらしく、その後、離婚することを選択したある女性タレントが、自身、悲惨な目に遭っているその最中、夫の横暴振りを世間に暴露していたことがあり、当時、この女性は、それ程の高齢ではなかったはずだし、また、ＩＫＫＯさん等は別として(?)、普段、そのようなところに注意の向かない男性の立場からしても、体内の細胞が無数に死滅してしまっているのではないかと想像されるような、肌がボロボロの状態だったこと等を思い起こすに、ますます、生涯に亘り、結婚生活を全うするということは、「死の苦行」である感が否めません。

特に、この女性とは反対に、バラエティ番組等でよく目にする、自身、長らく独身を続けている元アイドルの、オーバーフィフティの女性の、生き生きとした姿等を目にするにつけ、いよいよ、結婚という選択が、果たして正解であるのか、その疑惑が深まるばかりなんですが……。

勿論、この女性にしても、傍からでは分からない、「人生、全くの快晴ではない」ところもあるかとは思うし、また、自分自身、結婚という選択をしなければ、自身の人生、満ちることはないとは思います。とは言え、

とは言え！

確かに、結婚する選択をしたとしても、良いケースとなることだって、勿論、あることはあり、例えば、身近なところでも、自身の旦那さんを評し、同じような人が、他に存在しているのかとの意味を込め、「こんな良い人、いる？」と、自身の言葉を耳にする者達に問い掛け、「三世の契りを交わす」人だっていますけれども、このようなケースは特例中の特例で、それこそ、米俵一俵の中から、その米一粒を探り出すのに等しいとも言われる、一等の宝くじに当選するのと同様だと感じるんですが……。

と言うのも、以前、男女の既婚者に行ったあるアンケートで、「生まれ変わっても、今の伴侶と一緒になりたいと思うか」の問いに、肯定意見だった男性の回答は五〇％を超え

ていたのに対し、女性の方は、確か二五％程度だったかと思うのですが、こういう結果を見聞きするにつけ、同性の立場からすれば、「これだから男というのは……」と、悪い言い方をすれば、「哀れみを感じるまでに、幸福感を抱いていらっしゃる」と感じると同時に、このような厳しい真実に対し、自身の感性を極めて鈍化させて幸せを感じるくらいなら、自分が真の幸福感を抱ける、別の道を模索すべきではないか等と思ってしまいます。

そもそも、自分自身、誰かと一緒になれば幸せになれる等といった考えは、非常に危うい「バブリー」なものであり、その幸せを「確固たるもの」にしようと思うのであれば、自らが、何らかの形で生み出すべきではないのか、との思いを抱いたりします。

それに、例えば、自分とは比較にならないくらい見識が高いと想像される、マティス元国防長官が独身を貫かれているということも、気になるところではあります。

だからと言って、勿論、結婚を選択された方の見識がない等と言うつもりではありませんので、悪しからず。

まあ、人それぞれが思う「幸せの形」、その正解というものは異なるでしょうけれども、少なくとも、自分自身の定義では、苦行だとかストレス等とは無縁の境地にあるものなんですが……。

それ故、バリアフリーならぬストレスフリーの人生に、可能な限りしたかったら、結婚という選択が「的中馬券」になるとは想像し難いものがある。

以前、ＪＲA専属の獣医による話だったか、競走馬の殆どが、慢性的に胃潰瘍を患っているそうで、このことについて想像するに、馬は、走ること自体は好きであっても、調教において、レースに勝つための特訓として走らされたり、あるいは、実際のレースで、きつい思いをすることが重圧となっているからなんでしょうけれども、仮に、自分が結婚生活をスタート〝せざるを得なくなった〟場合、慢性胃潰瘍どころか、「慢性多臓器不全」になり兼ねない⁉

ま、もっとも、人間、慢性多臓器不全なんかになったら、生きてはいられないでしょうけれども。

特に、創作活動に取り組んでいる者としては、結婚が自身に及ぼす負の影響（？）を考えれば、

♪　ドナ　ドナ　ドーナ　ド～ナ～　荷馬車が揺れるぅ～……

等と、〝絶望感が満載された〟ような作品しか生み出せなくなってしまうのではないかと、非常に危惧するものがあります。

「恐ろしいかえ……」

子供の頃、幾度となく通っていた、二〇二〇年の八月末に、惜しまれつつ閉園となった「としまえん」にある、ミステリーゾーンの暗闇の中で、不気味に囁く老婆の声が心に蘇ります。

そして、こういった問題については、何も「明日の天皇賞、馬券は買わないでね」等と、奥さんからプレッシャーを掛けられるばかりではなく、「はい、五万円すりました」と、反対に、こちらが、奥さんにプレッシャーを掛けることにもなり兼ねないのだから、お互いにとって、精神衛生上、「実に」よろしくないことだと思います。

いや、馬券に五万円投資するどころか、長年、ジャイアンツで、ローテーションの一角を担い、通算一五九勝を挙げ、また、パーフェクトも達成したことのある、現役時代、ピッチャーだったその人は、現役の頃からなのか、あるいは、引退後の楽しみとして始めたのかは分かりませんが、株式投資を趣味としていて、また、現役時の自身の稼ぎから、想像するに、場合によっては、百万円、あるいは、一千万円単位のお金が動くこともあるかと思うのですが、この、ご主人の趣味に奥さんは寛容的であるらしく、そこには、自身、金銭的に、十分、余裕のある暮らしを送れているから、ということもあるのかと思えば、結局、夫婦円満の秘訣はお金?「金の切れ目が縁の切れ目」等という慣用句もあり、実際、金銭的な問題で、夫婦の不和を招くケースだってあることだし……。

勿論、そのことに異を唱える「美しい言葉」もあるかとは思い、それはそれで、自身、尊重させては頂きますが、ま、このことはともかく、故ブルース・リーは、「考えるな。感じろ」と語り、あるいは、北野武さん等も、確か「考える前に飛べ」という名言を残されていたかと思いますが、自身、言葉を駆使して創作活動に取り組む者として、パソコンを前にキーボードを操作していれば、「文化って何？」であるとか、「極めて、自身の感性を鈍化させることを前提とせず、結婚したことが幸せだと感じられる、その確率は、一体、どれ程のものなのか」等々、色々と思いを巡らせてしまうことは不可避でしょ。

若干、ケースは違いますが、自身、仕事を持ちながら、という女性より、専業主婦の割合が多かった頃だったと思うのですが、その頃に読んだ、心理学者の著書の中で、また、少なくとも、その本の初版の時期は、専業主婦の割合が多かったと思いますが、著者の見解として、日々、主婦が、自身が担う家事や育児等について、「自分が、毎日のように、料理等をするのは何故なのか」等と考えていては出来ない。これが「慣習」であるからこそやれる、といった記述をしていたところがあったのですが、同様に、結婚についても、慣習の範疇にあるものとすべきなのでしょうか。

ただし、現在、専業主婦よりも、働きながら主婦の役目を務めている人も少なくない状況では、例えば、冗談交じりにではあっても、夫に、「私が料理することを当り前だと思ってる?」等と口にする人もいて、このことからも、家事について、必ずしも、慣習という受け止め方をしなくなってきているのでは。

ならば、尚更のこと、結婚についても、いつまでも、慣習である必要はあるのでしょうか。

皆さんのお知恵を拝借しても、早々には答えが出なさそうなこの問題については、一旦、保留にし、話を本筋に、且つ、分かり易いものへと戻すと致しまして、結婚生活を平穏に過ごそうと思うのだったら、何も馬券等買わなければ済むことだろうという指摘もあるでしょうけれども、それについては、こんな可能性の表し方は、実際にはないものの、「三〇〇〇万光年%」無理です。

こんなことを口にしていると、我ながら、浮世離れしている思いを抱くし、また、これは、例えば、「サラリーマン川柳」で表現される、その悲哀を見ても然り、あるいは、以前、母親が、当時、既に二十代で結婚して子供もいる女性が着ている服を目にし、「素的な服じゃない」と、声を掛けたところ、その女性は、若干、恥ずかしそうにしながらも、明るく、その服の値段について、「五百円なんですよ」と答えていたらしく、こういったケースを見聞きするにつけ、何かと不自由で、忍耐を強いられることもあろうかと思われますが、皆さん、よく、結婚生活を凌いでいらっしゃると感嘆すると同時に、我ながら、浮世離れしていることが、余計に、浮き彫りになっているとの思いを強くしてしまうのですが……。

が！

しかしながら、自己弁護させてもらえれば、自分は、「何から何まで」譲らないという ような人間では、決してないんです。

あくまでも譲れないのは、自身の創作活動に、必勝馬券研究とその実践＋狂牛病を発症する可能性が〇になったのか、個人的には確実なところを把握出来ていない、その牛肉と、過度の農薬が使用されている野菜は摂取しないというくらいなもので、と言うのも、世間を見渡した場合、ごく一部の存在を除いて、人間、容姿から才能、愛やお金、権力に至るまで、そう何から何まで与えられてはいないだろうという思いがあるからで、それ故、こちらとしても、譲る部分と譲れない部分を用意しておく必要がある。

例えば、タレント達が高級レストランに集まり、自分が食べた料理の金額が、果たして幾らくらいなのかを、それぞれが予想し、二万円なり三万円なりの設定金額から一番離れた注文の仕方をした者が、全員の食事代を支払うという番組がありますけど、賞金女王にも輝いたことのある、元女子プロゴルファーがゲスト出演した際、「私、負けず嫌いなんで」等と公言していたりすると、喩えて言うなら、大きな劇場の舞台で主役を務めたこともある女優が、地元の小劇場でも、他者を押し退け、「まだ主役になりたいのか!?」といった思いを抱いてしまうものの、そう言えば、やはり、かつて騎手だった人が、トイレで用を足す場合等にも、「勝った」と感じるという話を、以前、聞いたことがあり、こういったことについて、勝負の世界に身を置いているような人は、別の次元にいるということを感じたりするのですが、自分自身、「こういうステージで」勝つ気等、全く！　ない。仮に、自分がこの番組にゲストとして呼ばれたとしたら、「あからさまに」では、視聴者の興味を損なってしまうので、その点に注意しながら、最下位を狙っていきます。

だって、こんなところでいい思いをしていたら、競馬の予想で的中し、且つ、これにより潤う等、覚束無くなってしまうじゃないですか。他人に奢ってもらった上に競馬の予想でもお小遣いをもらうなんて、こんな虫の良い話、神様が許してはくれませんよ。

それ故、賞金の懸かってもいないゲーム等で、負けず嫌いの気持ちがムクムクと湧いてくるなんて、マイナス三〇〇〇兆％！　ですよ。

そもそも、自身の乗用車であるとか住む部屋等について、自分で考えてみても無頓着で、車なら、一般的には若い女性向けの、テントウ虫のような形をしたものは別として、乗ればいいという程度で、住む部屋にしても、ホテルの部屋だとかショールームみたいな殺風景なものだって一向に構わないくらいなので、仮に、と言うか、万が一、自分が結婚するとして、新築の家の内装等に関し、建築家の意見を無視した素人考えの造りにする等ということは別として、奥さんと意見が衝突すること等、やはり、これも五〇〇〇京％ない。と言うのも、「奥さんが、一番、家の中にいる時間が長いのだから、自分の好きなようにしたらいいいんじゃないの。そもそも、お互いが別々に居を構える、別居結婚という形を取るのだから」という考えでいるからです。

ま、自身の、この言葉の締め括りの言い分が、相手と一致するかどうかは別ですが……。それに、「譲れない」その内の一つである自身の創作活動についてだって、基本的には、創作活動において自分が目指すところは、その時々での自身のベストを尽くすべく、つまりは、自身、納得のいくものにしようと努めることの一点のみであって、それ故、本書が「文化の１９４５」となってしまうのかどうかということに不安を覚えたりするのですが、このことはともかく、歴史的なベストセラーにするべく目標を立てたり（ただし、〝注釈の付かない〟ベストセラーになってほしいという希望はありますが）、自身、殆どエンターテインメント、時折、アカデミックという畑で培養されただけに、何かの賞を狙う等、勿論、それぞれの権威を軽んじる訳ではないものの、つまりは、「目に見える形でのご褒美」を第一に求める気持ちはないので、例えば、かつて、レコード大賞取りを狙っていた、ある歌手を始めとするその陣営が、ライバル陣営に敗れて賞を取り逃がした際、気落ちしている様子がＴＶカメラに映し出されていたことがあり、まあ、気持ちは分からないことはないものの、個人的には、こういう光景には、どこかしら、「何か違うんじゃないの？」という気持ちを覚えたり、あるいは、大ヒットした曲を作ったこともあるミュージシャンが、その後、ヒットさせることが出来ず、その焦燥感から覚醒剤に溺れたり、やはり、かつて一時代を築いた作曲家が、時代の移り変わりに困惑し、ヒット曲作りの術が分からなくなるといった話がありますけど、「それは、ヒットさせることを勝利だとか成功、無上の幸せと捉えているから、そういった行動に走ったり、思いに囚われたりする」のだと、自分は言わせて頂きます。

ヒットというものは、自身、納得のいくものを作ったその先にあるものであって、ヒットさせるために創作活動に取り組むなんて、「本末転倒」もいいところでしょう。自身、納得のいくものが出来たとして、それでもヒットしなかったのなら、どこかにパートとしてでも働きに出たらいいんですよ。そりゃ、社会的には成功したとは言い難くとも、少なくとも、創作活動に取り組む者としての敗北にはならない。つまり、何ら焦りを感じるべきものでも、ましてや、覚醒剤に手を出す必要なんてあるものでも何でもない。

実際、自分が二十代の頃、短期の仕事として従事していた職場に、派遣社員として来ていた人の中に、「えっ、こんな所で、このような人に出会うとは！」と、自身、思った、かつて、大ヒットした曲を歌っていたミュージシャンのメンバーの一人がいたんですから。

ただし、この方、既婚者だったにもかかわらず、余り労働意欲がないのか、仕事を休みがちで、そのことに、上司らが、不満の言葉を漏らしていたりしましたが……と、最後に微妙な言い回しとなってしまいましたが、このように、過去の栄光を引きずらない人だっているし、また、この人から、「いいブツが手に入ったんだけど、やってみる？」等と勧められたことなんてなかったことを思えば、過去の栄光に囚われ、自身、納得のいく作品に仕上げるよりも社会的に成功することを、何よりも価値があるとして自らの首を絞め、覚醒剤に手を出す等して落ちぶれる道を辿る等、誤った考え方による間違った行為だと思いますが。

と、自身の、このような考えに対し、中には、「ロクに社会的な地位を築いていない者が、また、たいそうなことを……」と思われる向きもあるかも知れませんが、自分としては、社会的な地位を築いていないからこそ、口にさせて頂こうと思うのですが、と言うのも、社会的な地位を築く、言い換えれば、社会的な正解を出したと目されているような者が、尚、追討ちを掛けるように（？）相手が反論しづらいような言葉を口にするのは、傍で耳にしている人達にとっても、どこかしら威圧感ってないですか。

社会的な地位を築いている者というのは、黙っていても、〝社長の椅子的〟威光があるのだから、「ここぞ」という勝負所以外は、発言はマイルドなものにしていた方が様になるとの、個人的な思いがあり、そう言えば、かつて、それまでハンク・アーロン氏が保持していた、通算ホームラン数のメジャー記録を上回って新記録を樹立したものの、筋肉増強剤の使用を疑われ、アメリカのマスコミを始め、非難にさらされた選手がいましたが、そのような最中、日本のマスコミが王さんにも見解を求めたところ、王さんは、「選手がホームランを打てるかどうかは、あくまでも技術的な問題であって、筋肉増強剤を使用したからと言って、可能になるものでもない」といった旨を語られていたことがありましたが、自分自身、仮に、いや、万が一（？）社会的な地位を築いたとしたら、例えば、一時代を築きながら、その後、覚醒剤に溺れたミュージシャン等に対するその言葉は、「一時代を築きながら、いや、一時代を築いたからこその、その苦悩、心中をお察し致します」といったものになるかも？

ま、このことはともかく、そもそも、エンタメ業界等でも「マーケティング」なんて言葉が使われたりしますけど、個人的には、どこかしら、「小賢しい」響きがあります。マーケティングに沿ったやり方というのは、言い換えれば、「最大公約数」的なものを、「均一化」したものを作るということでしょ。こんなことをして、果たして、文化に「豊かな彩り」を与えるなんてことを望めるんでしょうか。

いや、経済的な見地からだって、例えば勝間和代さん等は、色々な成功パターンの可能性を秘めていた方が、その企業にとってプラスになるという旨の話をしていたことがありましたよ。今、そこにある最大公約数的な成功を勝利、幸せとするのか、それとも、自身の可能性に賭けるのか。まあ、突き詰めていけば、どのような生き方を選択するのかということなのでしょう。

そう言えば、以前、唐揚げという食べ物が、ちょっとしたブームになっていた最中、唐揚げの専門店を始めた、ある店主が、その理由について、「(ブームに)乗っかっちゃった方が稼げるかな」といった話をしていたことがありましたが、自分自身にしてみれば、〝異星人的な〟発想です。

話は少々逸れましたが、レコード大賞取りを狙った結果、失敗して気落ちしている、その歌手を含めた陣営といった他でも、例えば、接戦の末、優勝を逃した女子プロゴルファーが悔し泣きしていたりする光景を目にした場合等でも、「最善を尽くしたのだろうから、何も、結果に囚われることはないのに……」と思うものの、同時に、自分自身について考えてみた時、「あれ、自分は悔し泣きする程の努力はしていないってことなのか？」とも思ってしまったりするものの、自身、こういう気持ちを覚えるのは、幸か不幸か、いや、確実に不幸でしょうか、一番の道楽である、「必勝馬券研究とその実践」においてだったりするのです。

こちらだって、伊達にいそしんでいる訳ではないので、例えば、そのレースの三連単（一着から三着までを順に当てる予想）の配当が六ケタ（一〇〇円買えば一〇万円台の払戻しとなる）になる可能性が高いことを、事前に予測出来る場合だってある訳ですよ。で、そのレースは、おそらく一四頭の出走頭数の内、一〇頭の争いになるだろうと。

さて、ここからが問題で、その一〇頭による全ての組合せ方だと七二〇点の買い目が必要になり、つまり、一点につき一〇〇円の投資でも七万二〇〇〇円の資金が必要で、更にこのレースが、まだ月の初めに行われていたりすると、さすがに、独身で自由にお金が使える身であるとは言え、もし外せば、今月、非常に厳しい遣り繰りを迫られることになる。で、ふと抱いたマイナス思考に伴い、もう少し資金を減らすべく、専門紙をよ〜〜く見た上で、一着にはなりそうもない馬をその候補から外す等、当初予定していたよりも点数を減らした買い目で馬券を購入してみるものの、結果的にそのことがアダとなり、一着にはならないだろうと見なしていた馬が勝ってしまった、その三連単の配当が五〇万円を超えていたりすると、「何故、当初の予定通りの投資金額で勝負しなかったのか、そもそも、一〇万円以上の配当となる可能性が高いと見ていたのだから、七万二〇〇〇円の投資でもお釣りが来ていただろ!?　いや、自身、踏ん切りがつかなかったのは、同様のケースで読みが外れ、当たっても、収支が大きくマイナスとなったこともある（予想が当たっても、収支がマイナスとなることについて、以後、競馬ファンの間で、通称として用いられている、『トリガミ』あるいは『ガミ』と表現します）、その負の経験が邪魔をした。とは言え……」と、どこにぶつけたら良いのかという、その怒りのエネルギーが自身の手に集中し、思わず拳をテーブルに叩き付けていたりする時――。

「あ、これが、あの……優勝を逃して悔し泣きしていた女子プロゴルファーの気持ちなのか」「これが、真に努力することに伴う痛みなんですね」と、実感するという訳です。

いや、改めて誤解がないように申し上げれば、創作活動においても、「決して！」いい加減に取り組んでいる訳でも、その時々での、自身の最善を目指していない訳でもないんです。

ただ、自分の「譲れないもの」の二つの内の、〝正確な〟優先順位を付けるとすると、

①必勝馬券研究とその実践

②創作活動

お叱りの言葉があることは重々承知しております。ただ、後者の場合、自分が第一としていることは、あくまでも、自身の納得のいくものを作るということであって、「目に見える形でのご褒美」、つまり、ベストセラーになる等の大きなおまけの副産物は、そりゃ、

付いてきてくれれば、それに越したことはありませんが、たとえ付いてこなくても、第一と考えていることがクリア出来ていれば、そこそこ納得出来るものはある訳ですよ。

対して前者の場合は、そうはいかない。例えば三連単の予想で、一着と二着に入った馬は当てた。でも、三着には入るだろうと、馬券の買い目に入れておいた馬が、ほんの数センチというハナ差で、買い目に入れておかなかった馬に敗れ、馬券が紙クズになってしまうという、つまり、九五点の予想であっても、「全てが無に帰してしまう」ということ等、日常茶飯事という世界では、目に見える形でのご褒美こそが、唯一無二に幸福感を覚えられるが故の「難題」であるからこそ、チャレンジのし甲斐もある訳です。

自分が与《くみ》し易いというものを実現させたとしても、大して達成感はないでしょ。三浦雄一郎さんだって、今更、「高尾山の登頂に成功」したところで、何の感慨もないでしょう、と言うより、そもそも、そこは挑戦する対象にはなっていないはずです。

勿論、その達成感を創作活動において求めるという手はありますが、必勝馬券研究とその実践における達成感とでは、「その種類」がまるで違う。イソップ物語に、なかったでしたっけ？　とある貧しい農夫が飼っていたガチョウが、光り輝く黄金の卵を生んだので、これを市場に持っていったところ、たいそう高値で売れ、その後も、ガチョウが毎日一個ずつ黄金の卵を生み続けたため、農夫の暮らしは豊かになったものの、農夫はその内、一日一個の卵では満足出来なくなり、ガチョウの腹の中には黄金が詰まっていると考えるようになり、遂には、これを取り出そうと、ガチョウの腹を切り裂いてしまうものの、そこには黄金等、なかったという話で、つまり、目先のことに囚われない視野を持つことが、結果的には、大きな輝きを得ることにも繋がるといった教訓かと思われますが、創作活動に取り組むということは正にこれで、至極地味な行為の積み重ねにより、作品の完成を見るのですが、これに対し、必勝馬券研究とその実践の〝研究〟については、積み重ねていくという面があるものの、〝実践〟においては、「いきなり！」、しかも、ものの数分で、「たっぷり！」と、黄金が目の前に現れることだってある訳ですよ。

言わば、創作活動における達成感がお茶やコーヒーのおいしさなら、必勝馬券研究とその実践における達成感は、ウオッカ以上危険ドラッグ未満（〝以下〟ではありませんので、お間違いなく）。同じ達成感でも、刺激の度合いが全く違うし、しかも合法。意識をなくし、車で人をはねてしまうなんて心配も、勿論ない。

もっとも、昨今、普通の主婦等にも見受けられると言われている、ギャンブル依存症になってしまわないとも限らないものの、あくまでも、これは自己責任だし……いや、このような突き放した言い方は望ましくないんでしたっけ？　依存症は、あくまでも病気なのだから、その病人を治療する社会的なサポート体制があって然るべきが故の？　まあ、このことはともかく、依存症になることを気にし出したら、つまり、アルコール中毒になるかも知れないことを恐れる余り、ビールにすら手を付けられなくなってしまうことと同じでしょ。

覚醒剤に手を出すなんてことは言語道断だとしても、例えば、「酒飲みの聖地」とも言うべき京成立石でバーを経営している、ある年輩のママさんが、まあ、これは、あくまでも、この人の見解ではあり、また、「それで、生きていて、一体、何が楽しいんだ」という意味を込めてのものだと思うのですが、「酒も飲まない、ギャンブルもしないバカが」等と口にしていて、また、日本でキリスト教の神父を務めている、ある方が、イエス・キリストについて、「大食いで大酒飲みだったらしい」と語っていたことがあり、キリストでさえ、そうなのだから、人間、お酒も飲まず、馬券も買わないなんて人生を選択するのは非常に難しいし、それに覚醒剤を使用している人達がどういった気分になるのかは分からないものの、少なくとも競馬の予想の場合、仮に、金の卵が「どっさり！」生まれたとしたら、法的なお咎めなしにドーパミンを出せるんですから、何ら後ろめたさを感じる必要もない。

勿論、必ずしもドーパミンを出せる訳ではなく、と言うより、出せる機会に恵まれることの方が少ないものの、本気で研究に取り組んだら取り組んだ分、出せる度合いも高くなっていくだけに、そこに到達出来た際の喜びも、また、一入《ひとしお》という訳なのです。
ですから、突き詰めていけば、人間、どちらを〝戦場〟に選ぶかということでしょう。自己犠牲の精神を大いに発揮して(?)、心身共に我が身を消耗させながら、伴侶を含め、家族に尽くすための結婚生活をその場とするのか、それとも、人に尽くすという魂の課題は前世で全うしたはずと、ウインズ（ＪＲＡの場外馬券売場の名称で、以後も、ウインズと記述します）等をその場所に決めるのか。

そもそも前者の場合、戦場等と捉えるべきなのかという声も当然あるでしょうけれども、よく考えてみれば、色々と厄介な問題だって付きまとうものなのでは？　生後一年にも満たない赤ん坊を持つ二十代くらいの女性が、女友達の前で、自身の結婚相手のことを罵った後、「あいつ、沈めてやるよ」等と口にしていたりする光景は、前述したように、決してフィクションではなく、また、これこそ現にあるであろう、とっくに夫を愛することの出来ない『私の中のもうひとりの私』が、自身の心に存在しているのに、子供達もまだ小さいことから、この子らのためにも夫を、家族を愛する良き妻を演じたりしなくてはならなく、当然、その先に待つものは熟年離婚で、捨てられた夫は、途方に暮れるしかないんでしょ。

いや、この程度に収まるだけならまだしも、夫の財産目当てで結婚した後妻が、青酸カりを盛って夫を殺害するという行為を、しかも一件だけに止まらずに繰り返し、これらのことが明るみに出た際、マスコミから「毒婦」等と形容される始末……。しかも、この毒婦の周囲の人達の話からは、先天的に、そのような人格ではなかったらしいとのこと。と言うことは、誰しも、毒婦等になる可能性が、決して0だとは言い切れないってことだし……。

更には、ロクでもない再婚相手に感化されることによる等の能動的なものであっても、相手からのDVの被害にさらされる等、精神的に束縛されていたがための、「そうならざるを得なかった」受動的なものにしろ、自身、鬼畜へと変貌し、我が子を死に至らしめるまで虐待し続けることだって、サスペンスドラマの話等では全くない。

もっとも、こういう極端なケースは特別として、必ずしも、子供の側に全く問題がないという訳でもないでしょうけれども、取りあえず、子供がどうこうは別として、人間、イメージだけで捉えられるような存在でもないでしょ。

例えば、高校球児。当時、自分が通っていた高校の野球部は、甲子園出場を果たすというところまではいかなくても、予選大会のベスト8入りくらいは望める力があり、実際、自身の在学中には、準決勝まで駒を進めて応援にも行ったこともありましたけど、それまで、TVで甲子園大会を観ていた限りにおいては、高校球児のイメージは純粋そのものといった感じだったのに、実際に教室内で、野球部に所属している生徒達の言動や振舞を目にした時に、ちょっとしたショックを覚えたことがありまして……。

いや、これは決して高校球児を中傷しようとするものではなく、あくまでも、自身が経験した上での個人的な感想なんですけれども、クラスの中に割と勉強も出来る方で、また、体も大きかったものの、虚弱児といった感があり、また、もっさりとしたところもあったことから、野球部の生徒達に、度々、いじられていた男子生徒がいて、ある時等は、とても、この紙面上で書き記すことの出来ないような言葉で、からかわれていたのを目にした時には、「これが、あの、敗戦に涙しながら、記念として持ち帰るために甲子園の土を掻き集めていた、あるいは、何とか出塁しようと、懸命になって一塁にヘッドスライディングしていた高校球児の真実なのか⁉」と思ったものだし、勿論、全ての野球部員が、こういう輩ではなかったし、また、例えば、一般人にしてみれば、「半殺しじゃないか⁉」と感じることでも、力士にしてみれば、「かわいがり」等と捉えていることがあるように、そこには、体育会系と非体育会系との感覚のズレがあるのかも知れないものの、このことはさておき、一般的に純粋なイメージのある高校球児と同様、大人達には、「可愛らしく純真」なイメージのある子供達にしたって、現実的には、中には、ひどく聞き分けがなくて横暴で、ほとほと手を焼かせられるような子供だっている訳でしょ。

実際、以前、バスに乗っている時、このケースは、確か、おばあさんと孫という関係だったかと思いますが、何が気に入らないのか、その子供が声を荒らげていて、また、人の神経を「ドリリング」するようなその行為が、再三、繰り返されるも、おばあさんは、辛抱強く自制していたようで、おばあさんと孫という関係もあってか、何とかこのおばあさんは、自身の精神の均衡を保っていたようではありますが、これが親子だった場合、手を上げてしまうような親もいるんじゃないのかと想像するに、児童虐待と称される行為について、このような場合、一〇対〇の割合で、親の側に非があるとされるのも、勿論、擁護しようという訳ではありませんが、どこか気の毒という気もしますが……。

あるいは、自身、自宅で就寝中、時たま、その泣き叫ぶ声で眠りから覚まさせられる、よその子がいて、ある時、その子供を間近で見たことがあり、また、いつも、どういったことで泣き叫んでいたのかが分かったのですが、五歳くらいなのか、とにかく、ある程度、大きくなっているのに、その子は、お母さんに抱っこをせがんでいて、また、その時は雨降りで、お母さんは傘を手にしていなければならないにもかかわらず、これまた、人の神経を「ドリリング」するといった、無理な要求が続けられ、それ故、お母さんは、「もう、いい加減にしてよ」と、こぼしていたのですが、傍で見ていても、「何か大変……」。

こういう〝ビーンボール〟を適当にかわせるような親なら、対応可能なんでしょうけれども、「まともに受け続ける」親だった場合、ふと我に返った時に、自身が般若、あるいは、『13日の金曜日』に出てくるジェイソンになっていたことに気付き、あわてて一一九番通報し、「子供が、ぐったりして動かない」と助けを求めたところで、その時には、既に手遅れといったケースだってあるのでは。児童虐待死の速報が夕方のニュース番組で伝えられ、また、翌日の朝刊の三面記事で報道される羽目に……。恐ろしく、そして悲惨です。

この他、お互いが本心を隠し続ける「仮面夫婦」になったりする場合だってある。

勿論、事は夫婦の間だけに止まらず、姑等、相手方の身内との確執が生まれるだけではなく、最悪、殺害事件にまで発展してしまうことだってあるでしょ。いや、あったでしょ。

こういうケースは珍しいとは言え、義母から、自身の身分について侮蔑される等、日頃から、事ある毎に差別的なひどい扱いを受けるだけではなく、「離婚したければ離婚しろ。慰謝料をがっつり取ってやる」等と、恐喝まがいの言葉を投げ付けられた若い夫が、遂に耐え切れずに精神のバランスを崩し、その義母だけではなく、奥さんや、生後五ヶ月だった長男までも殺害して死刑判決を受けたものの、義弟や支援者らから、真の原因は母親にあったのではないかと、裁判をやり直すよう働き掛けるも、棄却されたという悲劇があったり、あるいは、子供を持ったら持ったで、その子供が非行に走り、自身、心を痛めることになる場合だってあり得る訳じゃないですか。

以前、カウンター席しかないラーメン屋で食事をしている時、隣にいたサラリーマンの男性数人の内の一人が、どうも娘が不良になってしまったらしく、そのことに自暴自棄の気持ちから、「どうせなら、行き着くところまでワルになったらいい！」等と吐き捨てるように語気を強めていた姿は、これまたノンフィクション。

事は、その子供自身が劣化していくだけに止まらないケースだってある。他のワルい連中と組んで一人の生徒をいじめ続けた結果、いじめられていたその生徒が自殺してしまって警察沙汰となり、今後、裁判に持ち込まれるかも知れないことを睨み、自分の子供に対し、警察から事情聴取を受けた際には、「あれは、いじめではなく、ふざけてやっただけだという話をしろ」と、自身の良心に反した行為について顧みるより、チラつく賠償に伴うお金のことを心配し、親も、また、悪魔と化す羽目になったとしてもおかしくはない。

逆に自分の子供が、いじめを受けていたことで生きる希望をなくして自殺してしまい、悲嘆に暮れる日々を送らなければならないというのに、いじめをしていた連中は、家裁にも送られない等、何ら責任を問われることなく、大手を振り、燦々たる日差しを浴びている姿を目にするだけではなく、加えて、学校や教育委員会が、「厄介なことには巻き込まれたくない。また、自分らに責任が及ぶような展開になってほしくない」とのスタンスを取り続けていることに失望し、「世の不条理」を感じさせられることになるかも知れないし、また、いじめは子供の間だけに止まらず、自分の奥さんが、ママ友からの陰湿ないじめの被害者になったり、逆に、悪意に満ちた加害者となっていたという、知りたくもないその一面を目の当たりにする可能性だって、決して0ではない。

あるいは、直接的ないじめの行為ではなくとも、SNS上で誹謗・中傷の言葉を浴びせ続け、一人の人間を自殺へと追いやった、その当事者の一人であるにもかかわらず、尚も、笑顔の絵文字付きで、「死んでくれて、ありがとう」等と書き込みをする者さえいる。

自分が見聞きしていることを真実だとして疑わず、また、仮に真実だったとしても、その行為に対し、行き過ぎた言葉遣いで執拗に責め立てることが、果たして妥当なのか、法的な資格を有している訳でもないのに、あくまでも自身を正義だとの立場に置き、相手を死に追いやりながら、後悔の念を抱くどころか、喜ばしい気持ちになる……。

にもかかわらず、自分自身、他の者達と何ら変わらないと、何食わぬ顔をして日常の中に溶け込み、人の皮を被って生きている……。

ま、もっとも、相手を死に追いやった自身の行為について、後悔も反省もない者に対し、心ある神が、死後、そのような者の魂が、豊かで満ち足りた世界に導こうとする等、あり得ないことだと、個人的には感じますが。

いや、いじめ等という規模に止まらず、自分の子供が、それには全く見合わないという理由で、簡単に殺害行為に走ってしまうどころか、快楽殺人の罪を犯してしまうなんてこと等、絶対にないと、果たして言い切れるものでしょうか？　特に前者の場合、昨今、決して例外的なことでもなくなっているのでは。

　そして、こういった家庭内の状況からストレスを抱え込み、電車内等で、自身が、スマホで話していることに対して他人から注意され、腹を立てて暴力沙汰を起こしたり、また、法的にも厳罰化され、且つ、自身の乗用車にドライブレコーダーを設置している人も少なくないというのに、あろうことか、自身の負の感情を抑え切れず、あおり運転の狂気に走る等、自身の人格をも破壊してしまうことにさえ繋がっていく……。一体、何なんだ、結婚を選択することに伴う、この大きなリスクは⁉　何なんだ、この、「じっとり、ねっとり、どろどろ」とした人間の負の姿は⁉　複雑怪奇な魂の住処は⁉　歪んだ喜びに浸ろうとする、魑魅魍魎《ちみもうりょう》が跋扈《ばっこ》する伏魔殿は⁉

　正に『地獄の黙示録』じゃないですか。結婚を選択するということは、やはり、〝戦場へ突入〟するということなんじゃないですか。

　……でも、これは、自分が結婚生活を営みたくないための口実なのか？　いや、そうかも知れない。数々の負の場面をダイジェストで列挙すれば、そりゃ、世の中、伏魔殿にもなりますよ。

ただ、見方を変えれば、結婚が幸せに繋がるような思いを抱いていたとしたら、場合によっては、これが不幸となってしまうことだってあるのでは？

例えば、以前、覚醒剤所持の容疑で逮捕された元プロ野球選手、と言う以上に、単なる選手の枠に止まらない、野球界を代表するような選手だったその人物は、それも覚醒剤を常用するに至った一因だったのかどうかは別として、逮捕される直前、自身のブログに、離婚した妻が引き取ることとなった子供達と、久し振りに食事をして別れた後、帰宅したマンションの室内に一人でいる自分自身を意識する時に孤独感に襲われ、更に、「何もすることがなく、ただ天井ばかりを見詰めている」と書き込んでいたという報道がありましたし、また、おそらく、自身の心が弱っているような状況だけに、こういった思いに陥るのは無理のないことなのかも知れないものの、個人的には、何もすることがない⁉　天井ばかりを見詰めている⁉「何故に⁉」という気持ちにもなってしまいました。

もっとも、これは、スタジアムを埋め尽くした大歓声の中で、自身の栄光を築き上げたスポーツ選手と、オタクな人間との感覚の違いなんでしょうけれども、夢等では決してない、「現実感満載」の、家庭を維持、運営していくという〝お仕事〟に追われ、また、その中で生じるかも知れない、と言うより、生じるであろうストレスに苛まれることもない、つまりは、自身の細胞が活性化するどころか死滅してしまうリスク等０％の、「楽園のような時間と空間」の中で、思う存分、「自由研究」にでも没頭出来るじゃないか等と思ってしまうんですが……。

それに寂寥感なんていうものは、以前、ウインズ内で目にした、どうやら翌年に結婚を控えているらしい、二十代くらいのある男性が、それまでのウインズ通いが叶わなくなることを惜しみながら、「もう、来年からは、来られなくなるからなあ……」等という言葉を口にしていたように、こういった時に、その思いを抱くことこそ相応しい⁉

ま、含有量五％程度の冗談はともかく、我ながら浮世離れしているとの引け目はあるものの、自分はお気楽な独身生活を謳歌しつつ、ウインズ通いをさせて頂こうかなと……。

だって、「独身貴族」という言葉があっても、〝既婚者貴族〟なんて言葉はないでしょ、一部のＩＴ企業の重役なんかは別として。大概は伴侶を得るその代償として、一市民への〝激変〟を余儀なくされる訳でしょ。それに「年貢の納め時」だの「結婚は人生の墓場」だのと耳にすることも少なくないし……。何故、人類は年貢を納めたいんでしょうか？どうして墓場へ行きたいのでしょうか？前者の観点からは国民の義務で、後者の観点からは、予め、永眠するための場所を確保しておくこと？

分からない……結婚は本当に正しい選択と言えるのでしょうか？以前、ある女性が、「子育ては暇潰し」だと語っていたことがありましたが、まあ、この人が、どこかしら人生について、斜に構えるような見方をしていたのだとしても、こんな言葉を耳にするにつけ、何も慣習で結婚する必要もないんじゃないかと思うんですが……。実際、皆さんは、どう感じていらっしゃるんでしょうか。果たして、結婚して良かったのか、幸せだと言い切れるものなのか……。

幸せだと感じている方が大多数を占めるため、いや、苦行と感じている方だって少なからずいる(?)からこそ、つまり、「俺ら（もしくは私達）が苦しみに喘《あえ》いでいるというのに、お前はのうのうとして……」と、自身のこういった思いを綴った本書は共感を得ず、ひいては、売上げにも繋がらない？

そもそも、自分が「共感」という言葉を意識したのは、冒頭でもご紹介した東村アキコさんが、紙面上で、自身の描きたい作品の中には、必ずしも共感を呼ぶようなものではないものもある、という旨のコメントをしていたのを目にしたからで、遅ればせながら、その時に初めて、「あれ、創作活動に取り組んでいる立場の皆さんは、少なからず、そういうことを意識しておられるんでしょうか」との思いを抱いた次第なんですが……そうなのか？　そうなんでしょうか？　いや、自身の心の赴くままに取り組み、「動物園や水族館には、こういう珍しい生き物もいますよ」といった提供の仕方があってもいいのでは？

それに共感ということを意識することは、先のところでも軽く触れましたが、エンタメ業界における、マーケティングに沿ったやり方で作られたものを見ても然り、より多くの人達を対象とすることだから、下手すれば、喩えて言うなら、お父さん、お母さん、お兄さん、お姉さん、弟、妹の一致する点を、悪く言えば〝妥協点〟を見付ける「ファミレス文化」を形成してしまうことにも繋がり兼ねないのでは？　少なくとも、私的な色合いを持つものも少なくない、日本映画を評価することも多いフランス人は、こういう文化を嫌うはずですよ。何もフランス人のことを持ち出す必要はありませんが……創作活動って、そもそも「パーソナル」なものであるべきでは？　三度ご登場をお願いさせて頂くと致しまして、見城徹氏は、「僕は、文芸というものはアウトローだと思っている」。

一体、誰なんだ、日本の全ての文化を「ファミレス化」しようと、糸を引いている黒幕は⁉　消費者に、チェーン店の商品を「お袋の味」だと思い込ませようとしている策略家は⁉　フランス人は、それを「ノン！」と拒絶するだろう。

まあ、ここまで大袈裟で声高に叫ぶ必要もありませんが、「こんな生き物もいます」動物園や水族館に、気軽にお越し頂ければ幸いです。

ところで、「消費者に、チェーン店の商品を『お袋の味』だと――」等という表現は、感じが悪いでしょうか。と言うのも、以前、スーパーで、子供を連れた若い母親が、惣菜のポテトサラダを手に取ろうとしたところ、この女性とは何の関係もない高齢の男性が、

「母親なら、ポテトサラダくらい、自分で作ったらどうだ」と暴言を吐き、SNS上等で非難されたことがあった、その一件を思い起こすに、自身のこの表現は、どことなく、〝審議の対象〟となりそうではありますが、だからと言って、自分でも惣菜は買うし、惣菜を買われる人を非難しようというものではありませんので、悪しからず。

ちなみに、ポテサラを自身で作るべきか否かについて、自分自身は、耳にする人が「微妙……」と感じるような理由で、家で作る必要はないと考えます。

と言うのも、個人的にはポテサラに対し、惣菜屋、あるいは、居酒屋等のプロの料理人が作るものにしろ、悪い言い方をすれば、「可もなく不可もなく」という印象があり、一部の工夫を凝らしたようなものは別として、実際、食べてみても、至って、「うん、フツー」というもの故、せっかく手間暇掛けて作った挙句がこれでは、その甲斐がないでしょ。

そう言えば、餃子を家で作らないことの批判的な意見に対し、ブーイングが上がったこともありましたが、この点についても、耳にする人が「微妙……」と感じられるでしょうけれども、自分自身、なるべく、波風の立たない表現に止めたいとは思いますが、餃子という食べ物について、個人的に、一般の家庭で作るには難しいものの一つではないかと考えるため、何も家で作る必要はないと思います。

このような言い方をしたからと言って、食す側の感想としての、最悪の言葉を思い浮かべられる必要はありませんが、フライパンを用いて可能なのかと思える、絶妙な焼き加減を伴った皮の食感であるとか、また、これ以上に、そもそも、旨味のある餡を作るには、なかなかの高度なテクニックを要するのではないかと想像するに、家で作ってもらったとしても、推定、「星、一つ半です！」。

結局、波風が立つような表現になってしまった故、「それなら、お前が作れ」だとか、「そのような言動こそが無星だ」等と、批判されてしまいそうですが……。

このことはさておき、と言うか、さておかさせて頂くと致しまして、ポテサラや餃子に限らず、それが自家製にしろ買った物にしろ、奥さんが食卓の上に並べたものを「文句も言わずに黙って食べる」のは、夫としての務めなんでしょうか。

だとしたら、自分の場合、肉や野菜は全般的にＯＫなものの、海産物については、おいしく食べられるものとそうでないものとがあるため、仮に家庭を築いたとしたら、この点について、若干、不安が残ります。

「え〜、昆布巻きぃ〜〜……二つ以上、食べられるかなあ」「ワカメの風味が上手い具合に掻き消されているような、近所の定食屋並みに味噌の濃度があれば、ワカメの味噌汁も飲めますけど」、ただし、「うわっ、きゅうりとワカメの酢の物……これは罰ゲームか」同様に、「ホタルイカの刺身のわた！　地獄……」。

これ以外にも、地獄のお仲間は少なからずいるものの、ここでは差し控えさせて頂くと致しまして……「あっ！　あぁぁ〜〜〜っっ！　煮物の上にとろろ昆布まぶしてるぅ〜〜〜！　昆布が汁に染みていく前に、素早く、別の皿に移動させねば！　退避！　たいひいぃぃぃ〜〜〜！」。

あるいは、贅沢、且つ、素人丸出しなことを言うようではありますが、「え〜〜っ、せっかくの伊勢海老なのに刺身かあ……何かテンションが下がる」。

「あれ？　サラダにアボカドが入ってる……」。一般的に、女性が好きな食べ物であることは、重々、承知しておりますが、アボカドは自分にとって、『＝粘土』なんですけど……。ただ、まあ、苦手な類の海産物のように罰ゲームという程ではないので、一応、頂こうとは思っております」等々、口にしていたら、「それなら、もう、料理は作りません」、あるいは、「食卓に料理は並べません」等と口にされるのがオチですか。

ちなみに、「文句も言わずに黙って食べる」方々にしても、例えば、以前、総裁選に立候補した、ある国会議員をＴＶ局が取材した際、ちょうど夕食時だったので、この議員の奥さんが、食卓に手料理を並べていたことを受け、議員に、奥さんの手料理の感想を尋ねたところ、「いつも通りの味です」と、傍から見ても、「もう少し、何か言いようがあるんじゃないの？」と思っていたら、すかさず、奥さんが「いつも通りにおいしい」と口にし、場を和ませていましたけど、あるいは、このケースとは別に、一般の人で夫婦歴何十年という、その旦那さんに、やはり、奥さんが作る料理についての感想を求めた時には、これはこれで、ユーモアが感じられるものの、「一生懸命、食べてます」と口にされ、また、前述した、如何ようにも受け取れる「いつも通りの味です」等とも併せ、皆さん、文句は言わないにしても、満ち足りた気分にもなっていないのかと想像するに、いや、実際には、おいしく食べている方も少なくないんでしょうけれども、「外れの目」が出てしまった場合、日々の食事が、ストレスの一因にもなり兼ねないのでは。

いや、ストレスに止まっているだけならまだしも、その鬱憤が爆発したとしたら、

「こんなクソまずい物が食えるか！」

「だったら、テメエで作ればいいだろ！」

等と、家庭不和、いや、崩壊にも繋がり兼ねないだろうし、また、これが、結婚生活を営む上での、「死の苦行の一科目」に過ぎなかったとしたら、意識が遠のきます……。

ま、このことはともかく、いや、「積極的に、ともかく」としておきたいところですが、ところで、本格的な競馬の話は、いつ始めましょうか。いや、このまましないで終わるという手もある。例えば、山本益博さんが、以前、ガイドブックで取り上げていた、あるおでん屋では、おでんの他にも酒の肴が豊富で、おでんが胃袋に辿り着かないことがあると

いうことを記述していたことがありましたが、本書も、これに倣ってみようかという思いが頭をかすめたりするのは、そもそも、自身、平日に競馬の話をするということに、どこか、気が引けるものがあるからで、とても〝平日の作業〟とは思えない。さすがに「毎日が週末気分か？」と、自身に問う気持ちがあり、どうにも筆が進まない。基本的に自身の平日は、午前中は自営業の仕事をし、昼食を済ませた後、コーヒーショップ等でスポーツ紙や競馬雑誌に目を通し、その後、創作活動に取り組むこととなるのですが、さっきスポーツ紙の競馬欄や専門雑誌を見たばかりなのに、競馬の話をするつもりなのかと、「お前の頭の中は競馬だらけなのか⁉」と、自身に指摘したくなる気持ちも湧いてきて、更には、これが呼び水となり、思い出すことが……。

かつての人気番組での名物コーナーだった『フィーリングカップル5vs5』を再現し、タレント等、有名人の男女が五人ずつ集まり、それぞれに意中の異性を選んでもらい、お互いの気持ちが一致した場合にカップルが成立するという、あるTV番組の企画で、競馬好きとしても有名な男性お笑いタレントが、一番から五番の各席に着いている女性達に対し、「一枠から五枠の女性に質問しますけど……」と口にしたことを皮切りに、事ある毎に、競馬に掛けたコメントをし続けた挙句、自身のアピールポイントとして、一〇〇万円単位の払戻金を手にしたことがあると自慢したり、競馬場に来てもらえれば、自分の良さが分かってもらえる等と豪語するに至っては、TVカメラが、出演者の一人であった、当時、貴乃花親方の夫人であった女性の目が、冷やかな光を宿している姿を映し出していましたが、あの時の、この方の目……。その後、別れられたとは言え、現役時代、全身全霊をかけて横綱の重責を全うしたような男性を伴侶に選んだ女性として当然の反応とも言える、〝競馬まみれ〟のお笑いタレントを見るあの目……。このこと等を思い起こせば尚更のこと、「平日の作業として、これでいいのか？」との懸念が沸き上がります。

どうしましょうか。「本日、おでんは終了致しました」の看板を出します？

そもそも今回、担当の編集者が、仮に、前回、前々回と同じ女性だった場合、この方にとって、面倒にして厄介なことになるでしょ。前作の著書の中では、軽く野球の話について触れていたところがあり、打合せの際、「私自身、余り野球には明るくないもので」と、口にされていましたけど、いや、そうでしょう、そうでしょう。世の女性、大抵は「カープ女子」なんて存在ではありませんよ。野球でさえ、そうであるのに競馬……しかもオタク的見地からの考察という内容……。やはり、おでんは出さずじまいにするべきなのか。

いや、これ以前に、本書が出版社の企画会議を、無事、通過するのかさえ疑わしい。

あなたが文化なのだ

改めて、プレッシャーとなるこのお言葉……。「僕は文化人にはなりたくない。町工場の親父でありたい」と語られた宮崎駿監督に倣い、「僕は文化人にはなりたくない。フツーの競馬オタクでありたい」等と口にしてみようか……いや、口にしてみたところで全く意味はない……。否！　ここは一つ、開き直って、「競馬は文化なのだ」を宣言致します？

ま、確かにイメージの良いものか悪いものかを問うなら、一般的には、「ギャンブル」と捉えられるだけに、後者の方でしょう。ギャンブルにはよからぬ輩が絡んでくることもあれば、その中には競馬も含まれているであろう、ギャンブルで借金を負った者が、会社のお金を横領したりだとか、消費者金融に対して放火事件を起こす。また、「桶川のひょっこり男」の〝車阪〟として、騒ぎを起こした男がいましたが、事に及んだその動機というのが、「パチンコで負け、イライラして」……。

あるいは、野球賭博問題に関わっていたことで角界から追放された、ある元親方等は、その後ＴＶに出た際、鼻水を垂れ流しながら号泣し、弟子だった者達の将来を案ずるその心境を吐露する羽目になったり、この他、自身、ＪＲＡとの交流重賞が行われる際、たまに利用する、平日の昼間でも開催している地方競馬の場外馬券売場の中には、例えば、こちらが、手にしている専門紙に目を落としながら場内を歩いていたところ、向こうから歩いてきた者の額に、誤って専門紙の角が当たってしまい、詫びるこちらが、酒のせいか、赤ら顔をしたその初老のオヤジから、「ぶぅあぁ〜〜〜ぎゃっ！　どるるるるるうぅぅぅぅっっ！」と、意味不明にシャウトされる等、身に付けておくべき社会的マナーを持たない、しかも、「そんな歳になっても」といった者もいたりする等々、マイナスの面も少なからずあるものの、でも、よぉぉ〜〜〜く、考えてみて下さい。

ただ単に、ボケ〜と見ているだけで楽しめるような娯楽等ではないということを！　自身の知力を駆使して対抗しなければならない世界であるということを！　生半可な推理小説等足元にも及ばない、不条理が渦巻くことも多い難解なドラマの中に放り込まれ、自身、犠牲者とならずに生き延びなければならない、熾烈極まる過酷なサバイバルゲームでもあるということを！

これを文化と言わずして……いや、正確には静と動の二つの面を併せ持つ、文化にしてバトルとでも言うべき、つまりは、文化の新たな一面を持つが故、ま、これが「新・文化の夜明け」であるかどうかはともかく、やはり、おでんは出させて頂こうと思います、後程――。

それに、その真偽は別として、競馬の予想行為はボケ防止にも効果的だという話を聞いたことがありますよ。実際、一般的には、片仮名に弱いとされているシルバー世代、自分の父親もそうですが、例えば、ペペロンチーノの料理名を初めて耳にした時には、「何だ、それ⁉」と、ヒヤリング不能の状態で、このことに反し、同じシルバー世代でも競馬ファンの場合、「クアドリフォリオ」だの「レーヴディソール」だの「ジョワドヴィーヴル」等の馬名でも、ちゃんとヒアリング出来ているし、また、発音も出来ている。

もっとも、「モチ」だとか「メロンパン」、あるいは外国馬の中には、と言うより、外国馬なのに、「ジャパン」だの「ヨコハマ」等といった、シルバー世代にも優しい馬名もあるものの、例えば「ディープインパクト」といった、日本人にも耳慣れたような名前の馬が大きなレースを勝つというケースは少なく、「それ、どういう意味？」と感じるような「オルフェーヴル」や「ブエナビスタ」等の、主に〝ヨーロッパ圏内〟の言葉を用いた競走馬の方が出世し易く、また、馬主も好んで用いる傾向があるみたいで、馬主としての顔も持つ佐々木主浩さん所有の馬でも、GⅠレースを勝ったのは、自身の現役時代のニックネームである「大魔神」から来る、「アドマイヤマジン」だとか「マジンプロスパー」等ではなく、やはり、「ヴィルシーナ」や「ヴィブロス」「シュヴァルグラン」という名前の馬でした。

ちなみに、「クアドリフォリオ」「ジョワドヴィーヴル」「ヴィルシーナ」は、それぞれイタリア語、フランス語、ロシア語で、「四つ葉のクローバー」「生きる喜び」「頂点」だそうな。

それと、何気なく聞き流していた馬名でも、「あ、そうだったの」と、後から偶然、由来を知ることもあり、例えば「スティンガー」は、カクテルブックに目を通している時に、「ペールギュント」は、フィギュアスケートの大会で、ある選手が選曲として使用していたことから分かったんですけど、そう言えば、一時代を築いたアイドルのピンク・レディー。子供時分には、この名前に対し、アイドルには似つかわしくない、どこかしら、キャバレー〝っぽい〟ものを感じたのですが、これも、カクテルの名前から来ていたんでしょうか？

ま、このことはともかく、医師の中には、認知症は食べ物と因果関係があるとする人もいますから、競馬の予想行為がボケ防止に効果的であるかどうかの真偽は定かではないものの、個人的には〝真〟であることを立証するべく、いや、実際に立証することは難しいものの、『私がオバさんになっても』ならぬ、「僕がおじいちゃんになっても」、続けてみようかなと……。それで、死ぬまでボケずにいられたとしたら、立証することは難しくとも、有力な仮説を立てることは出来るんじゃないかと。なら、これはこれで、ある意味、文化に寄与したと言えるのではないでしょうか。言えませんか？　いずれにしても、競馬に文化的な側面を持たせるべく、自身の戦いは、まだまだ続く――〝to be continued.〟

3　♪必殺技の贈り物

さて、かなり間は空いてしまいましたが、第二章の冒頭の、二〇一〇年一一月の、とある土曜日の記憶に戻りますが……午後の六時過ぎに起きたとは言え、幸か不幸か、こういうことで「失敗した」とは思っても、自己嫌悪に陥ることは、自身、ないのです。

以前、ある和食のダイニングで飲食していた時、カウンター席の隣にいた、アラサーと思しき女性が、連れに、自身とどういう関係なのかは不明で、単に仕事上でのものなのか、それとも、表面的にはそうかも知れないものの、また、この女性が、そのことに気付いているのかどうかは別として、彼女に思いを寄せている男性のことなのか、自分の予想では後者の方じゃないかと思うのですが、ある男性についての話をしていて、その男性が、恋敵（?）である他の男性と自身とを比較し、その男性に対しての、自分の「勝ち目のなさ」を嘆いていたそうで、こんな話を聞かされてうんざりした、といった話をしていたのですが、女性が話題にしていたこの男性のような、自身を卑下して悲嘆に暮れるといった感覚は、重ねて、幸か不幸か、自分にはありません。

だからと言って、勿論、自身を「どこからどう捉えても」万全だ！　等という自惚れもないんですよ。でも、不必要なまでに卑下して自己嫌悪するという感覚がないのは、一つは、世の中、才能や実力のある人なんていくらでもいるのだから、いちいち他人を気にしていてもきりがなくなるとの思いによるもので、もう一つには、創作活動に取り組んでいるということに起因しているのかも。

例えば、新作の映画が公開される際の記者会見の席上等で、その作品の主演を務めた新人の俳優が、記者から「目標とする俳優は誰か？」といった質問を受けるのはよくあることですが、こんな時、これを自身に置き換えて考えてみた時、決して斜に構えて口にするのではなく、自分の場合、創作活動に取り組む者として、特定の誰かを目標にするであるとか、憧れの気持ちというものはないんです。

創作活動において、自分が他の誰かのようであったら、自身が存在する意味がないと考えているからで、世の中、それこそ身体能力や学力が高かったり、芸事、商才に長けている。あるいは、容姿端麗であるとか男気に溢れる。また、周りを癒すような存在の女性に至るまで、様々な「スペシャリスト」がいるものの、これでいいじゃないですか。

以前、ある方が、漫才師の西川きよしさんの生き方を評し、「人を立て、自分も生きる」と語っていたその言葉に共感と敬意を覚えたものでしたが、もっとも、西川さんの場合は、その人間性の素晴しさから来るものでしょうけれども、自分の場合、「別に人を立てたからといって、自分自身が、どうこうなるものでもないだろう」という思いを抱いているからとは言え、これは「クソ生意気」な感情という訳ではなく、神様は、この世に多種多様な生き物を創造されたのだから、人間に対してだって、バラエティに富んだ存在として生を享けさせたはず故、「このような神の意志を汲もうではありませんか」という考えによるもので、それが様になることについては、各スペシャリスト達にお任せするとして、自身は〝別角度からの〟シュートを放てばいいのではないかと。

自分ならではの、「オリジナルブレンドの必殺技」で勝負すればいいんですよ。

♪　必殺わざの贈りもの

ちなみに、単にオリジナルではなく、その後にブレンドという言葉を続けたのは、他者の考えや、その人が成し得たこと等に伴う生き方であるとか、あるいは、その人が手掛けた作品等々から全く影響を受けることなく、今現在の自身というものが形成されている訳ではないだろうとの理由によるものです。

で、自分自身について言えば、飽くなきオタク的精神を発揮し、己の信ずる道を究めようとする、その生き様を見て頂けたら、幸いでございます⁉

わざわざ乗り気のしない、あるいは、不利を被りそうな土俵に上がり、自身の能力や魅力に引け目を感じる必要なんてどこにもないし、また、自分の上がった土俵がメジャーなものであるのか否か、ポピュラーなものかそうでないのか等ということを問題にする必要もない。冒頭で触れた六角精児さん等も、「何だ、それ？」と思う人だって少なくないだろう「呑み鉄」のプロ（？）として、番組の案内役を務めるまでに至っているんですから、これはこれで良いのでは。

「私は、全く勝ち目のない平民でございます」なんて嘆く必要は全くなく、自身、何らかのスペシャリストであればいいと思いますが。

かつて、ある週刊誌で、人気男性アイドルグループのメンバーの一人の実家の建物が、心ない者達が投げ付けた、その割れた生卵によって汚れた状態になっているといった記事を目にしたことがあり、おそらく、このアイドルと同世代くらいの若い男性等によるものだと思われ、また、多くの女性ファンから圧倒的な人気があることに対する嫉妬が、このような行動に駆り立てているのだろうし、その気持ちは分からないではないものの、こんなことをしたところで自身を卑小化させるだけだし、また、自身が心豊かに過ごせる訳でも、幸せになれる訳でもないのだから、もっと自分自身について興味を持ち、ひょっとしたら顔を覗かせているかも知れない〝二葉の芽〟の才能を伸ばすことに、あるいは、未だ開発されていない能力について探ること等にエネルギーを費やした方が、「よっぽどマシ」だと思ってしまうのですが……。

例えば、競走馬でも、短距離のレースが得意だったり、反対に長距離のレースで本領を発揮する。あるいは、芝、または砂の馬場、どちらかに向いていたりと、昨今は、それぞれの能力を活かせるよう、様々な距離や、これに伴う馬場で行われるレースが用意されているのですが、以前、皐月賞とダービー、菊花賞を共に制してクラシック三冠馬となり、歴史にもその名を残したナリタブライアンという馬が、デビュー四戦目以降、一二〇〇メートルで行われる、短距離のレースには出走していなかったにもかかわらず、三年弱振りの、一二〇〇メートル戦となる、高松宮記念というGⅠレースに出走することになった際、自身、そうではないのに、果たして、短距離戦のスペシャリスト達に対抗出来るのか、関係者や専門家の間で疑問を呈する声も少なからずあり、それでも、一番人気とはならなかったものの、多くのファンはブライアンの能力を信じ、二番人気には支持したものの、結局は四着に敗れたということがあったんです。

あるいは、日本におけるGⅠレースでは力足らずの馬が、近年、海外のGⅠ戦で圧勝劇を演じ、一時期、世界ランキングの一位になったことがあるかと思えば、反対に、二十数年前、日本で、後にGⅠレースを制することになる、ある馬が、アメリカのGⅠレースに挑戦したものの、勝った馬に対して大差負けの一三着と惨敗し、また、当時、この馬の獲得賞金が三億五〇〇〇万円以上だったことから、現地のマスコミに、「あれが、日本の三億円ホースの走りか」と揶揄されたことがあったものの、勿論、海外でのレース振りを物差しに、これら二頭の優劣を付けるのは早計で、つまりは、競走馬の価値等、一方向からの観点のみで捉え切ることなんて出来ない訳で、また、これは、人間についても同じでしょ。

人気男性アイドルのことを妬み、彼の実家に生卵を投げ付けた者達にしても、自身がそのような行為に走らなくて済むよう、自分自身、その道のスペシャリストになり得るステージがあるはずだし、また、これを見付けることに努めるべきでは。

「大食いタレント」、あるいは「フードファイター」等という言葉が用いられるような昨今、こう形容されている人達は、そのことも一つの才能の形だと目され、社会的地位を築いていたりしますが、このような認識が一般的ではなかった頃に、且つ、本人に自己肯定感がなかったとしたら、「俺（もしくは、あたし）なんか、歌って踊れもしねえ（しない）、ただ、家計を圧迫するだけの大飯食らいじゃねえか（じゃないの）、ケッ（フン）！」等と自棄になり、仮に、そのような時代にSNSがあったとしたら、それこそ、こういった、華やかな雰囲気のある芸能人に対して誹謗・中傷の書き込みをする等、歪んだ喜びに浸ろうとし、自らの人格を蔑むべきものにしてしまい兼ねない!?

勿論、大食いタレント然り、また、自分自身も含め、自分が必殺技を編み出したと思っていても、相手によっては、「そんなもん、痛め技にもならない」という場合だってあるでしょう。でも、そのようなことを考えていたって始まらない。その時には、「ごめんなさい、失礼致しました」でいいんじゃないでしょうか。

そもそも、自身の能力や才能が、誰からも評価されるだろうことに何の疑いも抱いていなかったとしたら、勘違いも甚だしいのでは。

付け加えるなら、前述したような、他者に対して自身を卑下し、悲嘆に暮れる等とは反対に、他者に対し、「マウントポジションを取った」等と、優越感に浸っていたとしたら、自身を、何とも安っぽい人間にしてしまうでしょう。

まあ、このことはともかく、自身、オリジナルブレンドの必殺技を編み出そうとすることについて、平日なら、そのエネルギーは創作活動へと向けられているのですが、週末は、あらぬ方へと向かってしまうのです。

【必勝馬券研究とその実践】

いや、ダービーや有馬記念等の大きなレースがある場合、正確には土・日だけではなく、金曜の午後辺りから、そわそわし始めるのですが……。だから、宇多田ヒカルさんの『TRAVELING』の中で「♪仕事にも精が出る　金曜の午後」等という歌詞を耳にした時には、個人的には違和感を覚えてしまいました。

もとい、さすがに午後の六時過ぎに起きてしまったのは「失敗した」と思う。何が失敗したのかと言えば、深夜まで営業しているような飲食店でも、こんな時刻に起きてしまったら間に合わないから。

「何故？」と思われることでしょう。六時過ぎくらいなら、十分、間に合うはずだと。

でも、自分の場合は違うんです。『いや〜、日本語って、本当に難しいものですね』の中でも軽く触れましたが、そこでは、わざわざ書くことでもないので、カットしたシーンが、実はあるのです。

起きてから、まずすることは、コップ一杯の水を飲んで腸を刺激することでした。

晩の飲食を心ゆくまでするために入浴し、喉もお腹もからからにして体調をピークへと向かわせるのは、その後のことなのです。

それでも、依然として、「そんなに時間を要することじゃないだろう？」という思いも残るでしょう。

でも、自分の場合、要るんです。
①まず、腸を刺激してから効果が現れるまでの時間が三、四十分程
②その効果を実感する時間が一時間＋α

③その後すぐに入浴するのは、自身、何となく気持ちの良いことではないので、間を置くための時間が約一時間

④入浴に約一時間半

⑤風呂上がりに少しのんびりとし、身支度を調えるまでが一時間

②と④の所要時間が間違っているんじゃないのか？　長過ぎやしないか？　と思う人もいるでしょうけれども、出来る限り腸内を空にしておこうとするには焦りは禁物なため、これくらいの時間が必要な訳です。

と言うのも、土曜の晩はおいしいもの屋さんで、心ゆくまで飲み食いしたく、また、これは翌日曜に、これまでの必勝馬券研究が結実するであろうその実践において、「潤う」ことを見越しているためです。

④の所要時間の長さの理由も、入浴ついでに、気分すっきりと、剃り残し感なく髭を剃りたいからということもありますが、やはり、言うまでもなく②と同様、心ゆくまで飲食するため、喉もお腹もからからにしておきたいとの思いによるものだからです。

しかしながら、実のところ、自身の胃袋の全盛期は、三十四、五歳を境に過ぎているのですが、いつまでも、「おいしく、且つ、たらふく飲み食い」し、勘違いした捉え方であることは重々承知しているものの、アンチエイジングを実感したい。そのためにも入浴調

整が必要という訳です。

もっとも、医学的な見地からは、お腹を空かせてのドカ食いは血糖値の上昇を招く等、よくないみたいですが、〝ドカ飲み食い〟をすると、飲んだ気、食べた気になるんですよね。

ただし、自分の場合、血糖値に関しては、今のところ問題はないものの（隠れ糖尿病とも言うべき、『食後高血糖』等という気になる専門用語も、昨今、耳にしますが）、LDL–C、通称、悪玉コレステロール値に関しては、十分、注意を払わなくてはならず、と言うのも、『いや〜、日本語って、本当に難しいものですね』の中でも触れましたが、以前、特定健診を受けた際、医者から「脂質異常症」等という恐ろしい呼び名で診断され、心臓の大きさの比率が右50に対し、左が約56というところまで肥大し、心臓の周りに脂がべったりと付いてしまった経験のある身としては、悪玉コレステロールを増やさないように注意しながら、ドカ飲み食いしないといけない、と言うより、「いけないことはない」ものの、ま、このことはさておき、いや、さてはおけませんが、つまり、①〜⑤までの所要時間を約六時間と見ておかなくてはならず、午後の六時過ぎに起きたのでは、入店が、日付が変わった午前一時近くになってしまうという問題が出てくるのです。

それでも、新宿とかではなく、自宅から割と近くにあるような店でも、午前二時くらいまでは営業している店はあるものの、ラストオーダーの時間が午前一時や一時半では、実質、長くて一時間程度しか飲食のための時間がない。お酒を伴う食事は、これが週末の晩ともなれば尚更のこと、最低最悪！　二時間はほしい。そこに＋αがあったって、全く構わない。

もっとも、ちょっと足を延ばした吉祥寺辺りなら、明け方まで営業している店はあるものの、未明等の時間帯に外食中というのは、どこかしら、不穏な気配も感じてしまう。以前、ある有名人が、酒に酔った末、暴力沙汰に巻き込まれてしまった事件をマスコミの報道で知った時、また、これ以外でも、金属バットによる殴打等という、人違いの殺人事件等があったりすることから、こういった事件が起きた西麻布や六本木という場所に、日頃、足を踏み入れることのない者としては、この有名人が被害を受けた、平日、一般人の多くが就寝中といった時間帯に、そのような場所にあるバーにいること自体、波乱含みなものがあると感じましたが、たとえ六本木等に比べれば、「のどかでローカル」な吉祥寺であったとしても、また、多くの人達にとって解放感があるだろうから、それなりに人で賑わう週末とは言え、未明の時間帯に外で飲み食いすることには、そこはかとなく危惧するものがある。

実際、こんな吉祥寺でも、未明に帰宅途中の若い女性が、小遣いほしさから、十代の少年達に襲われ、殺害されたという事件があったくらいなんだし、また、東京に比べれば、物騒な事件の発生件数は少ないだろうという印象のある他県でも、例えば、狂信的な考えから、施設に入所している障害者達の大量殺戮に及ぶ者がいたり、あるいは、「真面目で優秀な生徒だった」等と周囲から目されていながら、単に「人を殺してみたかった」という理由で、見ず知らずの人を殺害する男子高校生がいる等々、こういった、『ブレア・ウイッチ・プロジェクト』に出てくる謎の殺人集団や、『ブギーマン』、あるいは、レクター博士の卵とも言える存在の犠牲者に、いつ何時ならないとも、どこで毒牙にかからないとも限らないと、日付が変わってからの外飲みは断念せざるを得ないか、なるべく帰りが、未明を優に越えるような時間帯にならないよう、急いで切り上げるしかないものの、後者を選択することは、当然のことながら無理です。

昨今、日本における殺人事件の発生件数は、昔に比べれば、かなり減少しているのだから、必要以上に恐れを抱かない方がいいとする事情通等もいますが、確かに発生件数自体は減っているのだろうけれども、訳の分からない人間が起こす、「ぞっとする」、つまり、数だけでは捉え切れない、質の悪化を感じるような事件は、そこかしこにあると認識している人だって、決して少なくはないだろうと思われるため、むしろ、必要以上の危機感を持っているくらいの方が、自身の身を守ることに繋がるのでは。

だから、例えば、夜遅い時間帯に、コンビニでの買い物帰りに住宅街を歩いている際、自分の跡をつけるような不気味な気配を感じたら、「出たな、ショッカー！」等と、レジ袋の中から缶ビールや缶ジュースを取り出し、その不審者に投げ付けられるような防衛態勢を取り、心の準備をしておいて損はない。自分自身の命に関わることなんですから。

もっとも、以前、こういったケースで、自分が、ショッカーなのではないかと、疑いの目を向けていた男性が、実際には、ある家の、おそらくは善良なお父さんなのだろうということがあり、少々、バツの悪い思いをしたこともありましたが……。

大分、話が逸れてしまいましたが、自身、週末の飲み食いには、最低最悪二時間はほしいという件についてですが、以前、ＴＶであるタレントが、自身が出演している番組のスタッフか、所属している事務所のスタッフらしき人達と焼肉屋で食事をしている場面があったのですが、このタレントは、「自分は食事に時間を掛けたくない。焼肉なんか四五分もあれば十分だ」といったことを語っていましたけど、自分は、とても、こういう人とは、一緒に食事は出来ない。焼肉に「たったの！」四五分とは……。多分、これは夜の食事だと思われますが、晩ご飯食べた後で何かする訳でも、お酒を口にした後で仕事に戻る訳でもないんだろうから、「食事くらい、ゆっくり楽しみましょうよ」という気持ちになってしまいます。

同じ四五分なら、ラーメン食べた後でコーヒーでも飲んでいた方がいい。ましてや、また何時、悪玉コレステロール値を悪化し兼ねない体質と言うか、このような生活習慣故、焼肉なんて、そうそう頻繁に食べられる物でもないのに、たまに食べる焼肉の所要時間に一時間も掛けられないとは……。

それに医学的な見地からは、余りに短時間で食事を済ませてしまうのは、血糖値の急激な上昇を招き易いという指摘もあるでしょ。しかも、このタレントは、自分より、ちょっと上くらいの年齢なんだし、ある程度の歳いって、そのような行為が怖くないんですかね。

加えて、やはり医学的な見地から、血糖値の上昇を避けるため、食事は野菜、たんぱく質、炭水化物という順番で摂るのが理想的だとされているのだから、焼肉を食べる場合でも、まず、ナムルやキムチ等の野菜に手を付けるのに、理想を言えば一〇分程度、少なくとも、五、六分くらいの時間は見ておきたい。

とすると、仮に四五分で食事を済ませなければならないのだとしたら、これだけで、全体の五分の一程度の時間を取られてしまうじゃないですか。

こんな〝ダイジェスト版〟的な食べ方は、三〇〇%！　無理だし、望みません。

これだったら、やはりラーメン食べた後で……いや、これはこれで、いきなり炭水化物を摂ってしまうことになるから、本当はよくないものの、こんなことを言い出していたらきりがないし、それに、健康には、一応、注意したいものの、余りにも医学的な見地に沿った、食生活を含めた生活習慣を続けていたら長寿が保証されるということだから、八十歳以上生きるのかということになり、それ故、一般的には認知症のリスクも伴い始めるでしょ。認知症になるリスクを心配するくらい長生きはしたくないので、健康には注意しつつも、肝臓を壊さない範囲での過度のアルコールの摂取等、適度に体に悪いこともしつつ、個人的には、七十四歳くらいで人生の終焉としたいところではあるのですが、このことはともかく、焼肉を食べる所要時間が四五分等という人は極端な例だとしても、やはり自分の場合、他の人達との会食は、自身の思う理想の飲み食いの仕方にはならない。と言うのも、大人の、そして社会人のマナーとして、人と会食する際には、「最大公約数的な」飲み食いの仕方をするべきだと考えている故。

周りの人達が既に満腹状態で手持ち無沙汰になっているのを尻目に、相手から、「この人、一体、いつまで飲み食いしてんだ?」と思われるような食し方をしてはいけないでしょ。実際、これは自分が〝被害者〟だったケースですが、「この人、いつまで飲む気だ?」と思ったことがあるし……。

もっとも、このことは、一般的な共通認識ではないかと思うのですが、例えば、とあるダイニングで飲食していた時のこと。近くで、一組の夫婦と、彼らが誘ったのか、他に一人の男性の客がいて、ある程度食事が済んだものの、男連中は、まだ飲み足りないようだったものの、奥さんの、「もう、お茶しか要らない」の言葉に、「あと一杯」で切り上げていたようで、まあ、これが会食の際の常識というものでしょう。

ただ、こういう飲み食いの仕方だと、自分の場合、前述した、自身の体調をピークへと向かわせるための調整をしている故、大概は腹八分（下手すれば、腹五、六分）で切り上げなければならない。まあ、その方が、医者が推奨するような理想の食し方なんでしょうけれども、重ねて前述したように、ドカ飲み食いした方が、飲んだ気、食べた気になるので……。もっとも、飲む方に関しては、明らかに、〝ドカ〟という程じゃない。多めに飲んだとしても、大抵、ビールやハイボール、焼酎等、まぜこぜにして、十杯なんてところまでは、いきませんから。

また、最大公約数的な飲み食いの仕方の他にも、人との会食の際には、純粋に飲食を楽しむということの外に、どこかで、「他者との調和」という点にも意識が働いてしまうものですが、まあ、これもまた、多くの大人にとっての共通の認識ではあるでしょうから、とんこつラーメン店の一蘭が導入した、「世界初　味集中カウンター」のような食し方を大人がするのは、大いに違和感があるというもの。

他者との調和を意識し、最大公約数的な飲み食いの仕方をしたとしても、これはこれで、楽しい一時を過ごすことは出来ますが、やはり、理想とは違う。

「完全無欠のケース」は、自分が飲み食いしたい時に自分の飲み食いしたい量を、あくまでも自分のペースで、且つ、〝気遣い〇〟の精神状態で心ゆくまで堪能すること。まあ、こんなことを口にしている時点で、自ら結婚を遠ざけているようなものですが……。

「なに〜〜っ!?　いくら週末だからと言って、夜の一〇時過ぎから飲み始めて、優に日付が変わった頃に飲み終わるですって!?」

結婚していなくたって、奥さんのストレスの数値を悪化させるに十分なことだとは想像が付くものの、同時に、週末の夜八時には、既に食事を終えているというのも、どこかしら気が急く……。

でも、自身のこういう感覚は、近頃では、それ程、稀なものでもなくなっているのでは？例えば、テレビ東京系で放送されている深夜の人気ドラマ、『孤独のグルメ』の、冒頭のナレーションは——。

「時間や社会に囚われず、幸福に空腹を満たす時、束の間、彼は自分勝手になり、自由になる。誰にも邪魔されず、気を遣わずに物を食べるという孤高の行為。この行為こそが、現代人に平等に与えられた、最高の癒しと言えるのである」

とあって、「あ、やっぱり……」と感じるところもあり、これは、現代人にとっての真理ですよ……いや、一部の現代人に？

そう言えば、このドラマの原作である漫画のある回では、店主が、若い男性中国人の店員を邪険に扱い続けているのを目の前で見せられ、とても食事をするような気分ではなくなった主人公が店主に異を唱え、「物を食べる時っていうのはね、何て言うか、救われていなきゃいけないんだ。静かで心豊かで……」と口にすることに対し、店主は「何を訳の分からないことを言ってやがる！」と、声を荒らげていましたが、例えば、家の中で赤ん坊が泣き喚いているのを尻目に、「物を食べる時っていうのはね……」等と口にしたら、奥さんから、「何を訳の分からないことを言ってんのよ！　そんなことを口にしている暇があったら、子供をあやしてよ！」等と言い返されるのがオチでしょ。そして、このようなことが度重なり、余りにも過度のストレスが掛かった奥さんは、あろうことか、児童虐待に走り、自分の子供を死に至らしめてしまうような場合だって、ひょっとしたら、あるんじゃ……。

恐ろしい……。ホラー映画に出てくるような、どんな怪物達だって、血縁関係にある者を食い殺すような真似はしないというのに……。いや、よく考えてみれば、一見、奥さんが〝犯人〟のようではありますが、自身、夜の一〇時過ぎから飲み始め、優に日付が変わった頃に飲み終わり、赤ん坊が泣き喚いているのを尻目に、「物を食べる時っていうのはね……」等と説き、更に、翌日の、ウインズからの帰りには、「はい、五万円すりました」。

余りにも、自分自身が家族の共通ルールから逸脱し、家庭内のことに非協力的だったがために、奥さんは我慢の限界を超えて精神のバランスを崩し、その結果が、我が子の虐待死ということですか。

「まさかの真犯人」は、アガサ・クリスティの『アクロイド殺し』もビックリ！　の、私だったのか⁉

いや〜、食いしん坊万歳、独身万歳！　ですよ。

だって、ねえ？　まあ、自身のこのライフスタイルを、仮に結婚後も続けたとしたら、自分でも、これは家族にとって精神衛生上よくないことだと想像が付きますが、反対に、前述したように、家族のことを思って身を粉にして働いてきたのに……っていう場合だってあるのだから――熟年離婚の末にあったものは、一人、残された高齢の我が身ということだって……。

家族のことを思っても思わなくても、結果は一緒になるんだとしたら、今はプライベートな空間が確保されたマンションタイプの施設もあるみたいだし、もっとも、入居のためにはある程度の費用は必要にはなるものの、このことを念頭に、老後に備えてそれなりの貯えをしながら、あくまでも我が道を行かせて頂くとして、結婚に関してはイクメンや主夫等にお任せしようかなと……。

もっとも、自分のような考えを持つ男性が増えたら、ますます高齢化社会に拍車が掛かってしまい、ひいては国力が弱まるという大問題となってしまいますが、かと言って、イクメンや主夫、特に後者は、基本的に、奥さんをバックアップする役目を担う、野球で言えば、キャッチャーという存在なのだから、これまた、国力を強化する云々に関わるものなのか。キャッチャーで、一シーズンに打率三割、ホームラン三〇本を打てる選手が、一体、どれ程いるのか、歴史を見れば答えは明白なのだし、自身、キャッチャーのポジションは望まず、女性にその役目を任せるべきではないのだとしたら、そりゃ、選択すべきは独身でしょう。

よって、いや、よって、という表現も変ですが、自身、週末にはウインズへと向かわせて頂きます。

だって、ほら、競走馬達の発走を告げるファンファーレが鳴り響いているじゃないですか。

パン、パン、パン、パン（観客の手拍子）

（関西地方で行われる際の、ＪＲＡのＧⅠレースのファンファーレ）

♫　パラララッタラッタラッタラッタ　パンパパパパーンパッ

パラララッタラッタラッタラッタ　パンパパパパパーン
チャーラッラーラーラー　チャーラッラララララッ
ジャーチャチャチャチャチャチャチャチャチャチャッ　ジャジャジャジャジャーン！
ヒュ－－－－－－ッ！（口笛を交えた歓声）

4　競馬の予想で勝つ方法は、あります!?

このようなことを口にすると、お金を伴った予想行為をしない人達からは、「何を夢みたいなことを……」、あるいは、「また、いい加減なことを……」と思われることでしょう。で、クラシカルな言い回しをするなら、「競馬で蔵は建たない」と。

実際、明石家さんまさんが、まだ売れていない若手芸人の頃に競馬場通いをしていた時、顔馴染みとなった、平日の昼間から仕事もせずにこんな所にいて、且つ、ほろ酔い気分になっているといった、ごくごくスタンダードな競馬ファンのタイプとしてイメージされる、もっとも、今時では、クラシカルなイメージとした方が正確ですが、極めて労働意欲が低く、だらしない生活振りが容易に想像出来るような、〝よれよれ〟な感じのおじさんから、「兄ちゃん、一番の銀行レース（一番人気の馬がファンの期待を裏切らずに勝ち、また、二着馬も上位人気で、堅い決着になると目されるレース）、何だか教えたろか」と口にされ、このおじさんの、

「働くことや」

の答えが、こんな言葉とは無縁と思われるような人が口にしただけに、かえって、その言葉の重みを感じてしまったということを、以前、語っていましたけど、こんなエピソードを紹介すれば尚更のこと、「ほら、やっぱり」との思いを抱かれることでありましょう。

でも、

「ちょっと、待って下さい」

このおじさんは、一番、確実な収入の方法は働くことだと達観したのであって、競馬で蔵は建たないとは、一言も言っていない。

こんなことを口にすると、家庭環境等からもその血を引き、次世代の力士だったり音楽家だったりが生まれるといったように、何も自分の親が「夢想家」だった訳でも何でもなく、むしろ、現実的に考え、現実的に生きているといった人物だけに、競馬に関しても、例えば父親等は、「競馬で蔵を建てた奴なんていない」と口にしていたくらいだったのですが、このことはさておき、蔵等建てられない説について、当然、そういう考え方もありますよ。

が！　親をディスる訳ではありませんが、この言葉の一番の問題は、自身で確かめようともせず口にすることであり、何でこのような言葉が出るのかと言えば、どこかで聞きかじってきた、「プロの予想家だって、トータルの収支はマイナスになる」ということを、〝絶対の真理〟と思っているから。

実際に自分で試してみることもせず、いきなり！　且つ、インスタントに！　他説を盲信し、真理に到達していると思っていることも、また、問題なのでは。

そもそも、重ねて親をディスる訳ではありませんが、例えば、プロレスがどのようなものなのか、一般的に認識されていなかった昔、「八百長」とのレッテルを貼られていた時代がありましたけど、その頃、やはり父は、「プロレスなんて八百長に決まってるだろ」。で、その理由は、「マスコミが言ってるだろ」……。ある意味、日本国民として、非常な危うささえ感じます。

ま、このことはともかく、プロレスに関しても、仮に八百長だったとして、試合を観ていると、「何で?」と思うところだって出てくる訳ですよ。例えば、相手の選手の放つキックを、「どう考えても」、あえて自身の胸板で何発も受けている選手がいるとしますよね。八百長だったとしたら、つまり、本物の格闘技らしく見せようとするんだったら、何故、こんなことをするんだと。相手の技を食らわないよう、自身にダメージが残らないように対応するのが普通じゃないかと。しかも胸板が赤々と、みみず腫れのようになっているというのに……と、実際に自分の目で見てみれば、「マスコミが言ってるだろ」というだけでは簡単に結論付けられないのも、また、自然なことなんですよ。

であるならば! 誰かが用意した「競馬で蔵なんて建てられない」という説に、何の検分もせずに飛び付いてしまっていいものなんでしょうか。

そもそも、自分がお金を伴った予想行為を続けているのも、達成出来ていたはずの、「競

馬で蔵を建て損なった」ためで、再度、これに挑戦するため等と言うと、人格を疑われるまでに、

「妄言だ」

と、一笑に付されるだけかも……。信じるか信じないかは、あなた次第!?

こんなことを口にしていると狂人に思われるだけ（?）なので、本当のことを言えば、「かなり都合良く、思い出を美化」していることも告白しておきます。

で、今でも、競馬で蔵は建てられない「とは思わない」ものの、そこは競馬の難しさや怖さ、あるいは不条理等々、色々と経験してきている故、さすがに蔵を建てることには「非常なリスクを伴う」ことも分かっているので、多少は賢くなっていますが、「年間のトータルの収支でプラスにすることは可能なのでは」とは、七〇〇〇京%くらい、本気で思っています。

「バカだ」——こんな声も聞こえてきそうではありますが、「バカを笑う者がバカだ」と、あえて言わせて頂きましょう。

「そこまで言うのなら、お前はやれたのか？　年間のトータルでプラスにすることを達成出来たのか?」と、当然、思われることでしょう。

それについては、ウフフフフフ……。

もっとも、こんな含み笑いをしたらしたで、「さては儲けやがったな。じゃ、俺にも、そのやり方を教えろ」と思われるかも知れませんが、「タニタ食堂」、あるいは、玄人顔負けの、料理好きの芸能人が出すレシピ本のように、つまりは、本書を必勝法として位置付けるのには限界があるのも事実です。

と言うのも、相手は競走馬という生き物で、これを操る騎手も人間である故、例えば、専門紙の紙面で、調教師が弱気なコメントに終始し、また、データ上からも買える材料のなかった馬が馬券の対象として絡んできたり、反対に、人気を背負いながら惨敗した馬の騎手が、敗因について「分からない」と口にすること等、全く珍しいことではないし、あるいは、数々の名馬を育て上げて長らく第一線で活躍し、翌年、定年を迎えようかという、ある調教師の口癖が、「競馬は分からない」なんですから、レシピに沿った勝ち方をしようとしても、おいしい思いが出来るという保証はどこにもないし、あるいは予想する側のこちらも人間故、コンピューターのように思考するには無理があり、いや、そのコンピューターに頼ったとしても、各馬を実力通りに評価し、大概は堅めの予想をするのだろうし、実際には、そのようにはいかない結果となることの方が多いのだから、コンピューターを用いて、対抗出来るような世界ではない訳です。

武道やスポーツの世界では、よく「心技体」という言葉を耳にしますけど、変なところで、この言葉を理解したような気持ちになることがあり、例えばジャイアンツの坂本選手等は、以前、一つのプレイを成し遂げるためにも、様々な観点からの考察が必要だという旨の話をしていたことがあり、競馬の予想においても、出来る限りのことをしておきたいという思いから、様々なファクターを通して考えてみるものの、むしろ、これがアダとなってしまうことも少なくなく、また、そのことにより混迷を深める等、真に必勝法なるものを存在させるのは、極めて困難だという訳です。

競馬の世界を離れたところではレシピというものはあるんでしょうけれども、これにしたって、〝時短で〟正解に辿り着くことは出来ても、何て言うのか、山椒の掛かっていない、うな重、うな丼を、つまり、どことなく物足りなさのあるものを食すようなものなのでは？手探りの状態で進もうとすれば、迂回を余儀なくさせられたり、袋小路に迷い込んだりと、時短で辿り着くことは望めないものの、正解に辿り着いた時には、「そうだったのか！」の感慨が得られる。他人の「そうだったのか！」の話を聞かされても、「いや〜」、あるいは、「はあ、勉強になりました」と、ちょっと得したような気持ちにはなっても、「！」の感情を自身に生じさせるには至らない。で、うな重、うな丼の山椒の役目を果たすものこそが、迂回を余儀なくさせられたり、袋小路に迷い込んだりの、自身が経験した、数々の失敗であると。

まあ、このことはともかく、以前、ある数学者が、自身の取り組んでいることの魅力について、「どんなに複雑な数式であっても、たった一つしかない答えに辿り着く。そこが面白い」と語っていたことがあり、人間、ある観点からは「理系」と「文系」に大別されるかと思うのですが、自身、創作活動において、「これこそが正しいという答えなんてない」そのことに面白さを感じている後者側の者として、この数学者に対し、思考回路が〝真逆〟であることを感じたものですが、これについてはさておき、競馬の場合、前述したように、相手は、また、こちらも数字等ではなく生き物、人間であるが故、たとえ簡単な数式に見えたとしても、訳の分からない答えに化けてしまうなんてことは日常茶飯事で、つまり、「答えなんて、あるようでない」という、捉えどころのない厄介なものではあるものの、これが面白くもあるんですよ。

不条理な光景を目の当たりにさせられることだって少なくないものの、どこかにあるかも知れない、「未だ見ぬ完全無欠の必勝法」を追い求めながら、失敗を重ねつつ、時に歓喜へと辿り着き、また、追求していけば追求していくだけ、その度合いも高まっていき、で、また、これが、挑戦意欲を掻き立てられる原動力となる。

もっとも、これは、やはり、「文系の道楽」という気もします。こういう極めて不確実なものに対し、理系の思考回路は、「手を出すべきではない」との答えを出すのでは？

想像するに、効率性だとか生産性が危ぶまれるものを「投資の対象」とはしない気がしますけど……。そう言えば、「時は金なり」って格言、あれは理系の人が言い出したんじゃないでしょうか。「利益を上げられるのかどうか不透明な道楽に、うつつを抜かしている時間等、決してお金になるものではない。金になる時間を大切にせよ」と――。

で、一見、このように思考してもおかしくはなさそうな、林先生にしても、その実、文系の人で、「週末はウマでしょ」とか言ってるし。

実際、以前、ある企業の――おそらくは理系の――社長が、冒険家の行為に対し、「何で、あんな一銭にもならないことをするんだろう?」と理解し難いようでしたし、それはそれで正解なんでしょうけれども、人生の楽しみ方は様々であるべきでは? そりゃ、注文を受けてから捌くやり方をしているうなぎ屋へ行くなら、前もって予約を入れておいて、出来上がる頃に入店すれば、待たずに食せて時間の無駄はなく、効率性の良い行為ではあります。でも、出来上がるのを待っている間に一杯やるのも、また、楽し。医者の推奨する飲酒の仕方は一合が適量とのことで、これが健康に良い飲み方ではあっても、二合、三合と飲めば、更に、おいしい時間が持てます。

極めて不確実なことに手を出すこと等は控え、自身、優先すべきは、取り組んでいる創作活動であることは重々承知しておりますが、

「月曜に出来ない道楽は日曜にしておけ」

含有量五％程度の冗談の、自身の作ったこの格言はさておき、例えば、人間、安易にお小遣いを手にしようとすると、下手すれば、よからぬ考えを生じさせたりすることもあるのでは。何の抵抗感もなく、運転手を殺害することも厭わない、タクシー強盗を企てるだとか……。防犯カメラ「全盛にして、ほぼ万全」の時代にこんなことをしたって、一〇〇のリスクはあっても何のメリットもないし、そもそも、人間の社会とは言えないそれを作り上げるような一因となるのは止めてほしいし、こんな鬼畜になるくらいなら、二〇二〇年現在、錦織圭選手のコーチを務めている、現役時代に称された、「努力と工夫のマイケル・チャン」もビックリ！　の、阿修羅の如く必勝法を追求し、極めていく方が、まだマシというもの。

あるいは同様に、安易に快楽を得ようと、非合法の覚醒剤なんかの力を借りなくたって、また、現時点では、自身、必勝法とは言えないものの、この力により、
ドーパミン、ブシュ〜〜〜〜ッ！

と、あくまでも〝自然エネルギー〟で歓喜の源を発生させることが出来るのだから、環境にも優しい。つまり、家族にも他人様にも迷惑が掛からない、ある意味、究極のエコで

もあるし、また、言うまでもなく、自身の精神にも良い作用がある故、「健康オタク」にもお勧め(?)であるばかりか……そう言えば、以前、ひどい主に飼われていた犬の話を聞いたことがあり、この犬は一度も散歩に連れていってもらえなかったそうで、これが犬の精神状態に、多大なマイナスの影響を及ぼしたことは想像に難くなく、同様に人間だって、ただ働いて食べて寝るばかりの生活をしていたら、「枯れていっちゃう」。

前述した、ウインズ内で目にしたことのある、翌年に結婚を控えているらしい二十代くらいの男性が、連れの友人と思しき男性に、「もう、来年からは、来られなくなるからなあ」と、ウインズ通いが出来なくなることを名残惜しそうにしていましたけど、喩えて言うなら、喩え方がちょっとひどいですけど、この人は、もう、来年からは、「散歩に連れていってもらえない犬」になってしまうのか!?

何ということでしょう……。この人に、体内の細胞の活性化が訪れる日々は、再びやってくるのか!?　お、恐ろしい……このことを自身に置き換えて考えると恐ろしい……。自身の精神に良い作用が得られない、即ち、細胞を活性化させることが出来ず、気付けば、ぼろぼろの、廃棄寸前の雑巾状態に……考えられないです。想像したくもありません。

以前、「食の達人」とも言うべきダチョウ倶楽部の寺門ジモンさんが、通常は取材を断っている、あるドーナツ屋を番組で紹介していたことがあり、その店は作り置きをせず、常に揚げ立てを食べられるのが売りであるため、食感も非常に柔らかいようで、手に持って軽く振ると、ドーナツがゆらゆらと揺れるその様子をカメラに見せながら、「ほら、見て！ゆらゆらしてる」だとか「ぷるぷるしてる」だとか口にしていましたけど、自身、「もう、来年からは、来られなくなるからなあ……」等と、こんな！　散歩に連れていってもらえない犬のような寂寥感を味わうくらいなら——。

「ほら、見て！　ぷるぷるしてるっ！」

と、自身の精神状態に良い作用のある特効薬を〝ちゅ〜ちゅ〜〟注入し、ツヤツヤのお肌のように、「精神状態をぷりぷり」とさせていたい。

必勝馬券研究とその実践の効能は、他でも、「やれば出来る。出来たら、楽しい。楽しいは幸せに繋がる」と、子供達に対しての教育的な側面も持っているのでは？

もっとも、働かずともお金が得られるということの問題も含んでいるので、やはり、お酒同様、競馬も二十歳になってから、ですか。

いや、自身の道楽を最大限に過大評価したついでに言わせてもらえれば、競馬の神様にしても宗教上の神様にしても、そうそう甘い顔はしてくれませんよ。言い換えれば、自らの行く手を阻む障害物が数多く用意されている、といったところでしょうか。でも、「そこを掻い潜った先に歓喜が待っている」のでは。

ちなみに、自分自身、それらを軽視するつもりはないものの、神社仏閣等を含むパワースポットなるものに、どうも、今一つ乗り気になれないものがあります。スピリチュアリストの中には、ご利益をひしひしと感じている人もいるみたいですが、こういう場所に出向けば幸運を授かることが出来るんだったら、人生、何の苦労もない。そもそも、どれだけの人達が、こういう所を訪れているんでしょうか。パワースポットに息づく神々は、バーゲンセールでも行っているかの如く、漏れなく、こういう人達に幸せを与えているなんて考えづらいし、そうだとしても、言葉は悪いですが、「大安売りの幸せ」をもらったところで、その功能の程というのも、高が知れているのでは？　罰当りなことを言うつもりは、勿論、ありませんが。

第一、貰いもんの幸せには、〝自力優勝〟感がない。自分が、パワースポットの他、宝くじに対しても乗れない理由がこれで、勿論、一等当選金額は、一レース当たりの配当額の比ではないものの、前述したように、聞くところによれば、一等になるのは、米俵の中から、当たりである、その米粒一つを探り当てるようなものだとか。しかも〝運に丸投げ〟する外はないというのに……。それなら、自力で感激へと辿り着く可能性を探った方が、確実にマシだと言えるでしょう。

このことはともかく、重ねて、本書は必勝を目指すところではあるものの、競馬の神様は、そうそう甘い顔はしてくれないために色々と回り道もさせられる、自分なりのアプローチを記述したものなので、いわゆるレシピ本とは違います。それ故、時短であるとか、効率性や生産性といったものはどうか二の次にし、ひょっとしたら、幸運をゲット出来るかも知れないそのプロセス、少なくとも、運に丸投げするよりはマシだと思われることについて、まずは楽しんでみて下さい。

5

必勝法にレシピなし。
自分は、このようにアプローチしました

遂に、本腰を据え、競馬について語らねばならない時が来てしまいました。……やっぱ、止めようかな……いや、何を今更。仮に一冊の本としてまとめられたら、この時点で、既に全体の半分は優に超えているのだから、ここは一つ、「心を鬼にして」、平日の作業として取り組む外はない……と決意しようとしたところ、チャンネルを切り替えている際、偶然、目にしたTV画面の中で、娘の誕生日にも家に帰ってこず、外で遊んでいたある芸人の夫に対し、帰宅した際に奥さんが、芸事に熱中してのことならいざ知らず、遊びで家庭を疎かにする等というその姿勢を叱責し、「芸人なら、二四時間、毎分、毎秒、面白いことを考えていなきゃいけないだろ！」と声を荒らげていたのですが……あら？　このことを自身に置き換えて考えた場合、創作活動に取り組む者として、二四時間、毎分、毎秒、創作に没頭していなければならないのか⁉

と思っていたら、その翌日、あるスポーツ紙に、一頃のスランプを抜け出して一皮剥けた感のある遠藤関を評し、師匠である追手風親方は、「以前はアスリートだった」と――。

つまり、二四時間、相撲のことを考えるストイックな生活を送っていて、例えば、体重が一四〇キロ台で推移する時期は筋力で増やそうとしていたようで、そこを師は諭し、「正解は遠藤の方だと思う。でも、夜中の二時、三時に焼肉を腹一杯食べるのがお相撲さん。お相撲さんはアスリートではなく勝負師。アスリートは勝負師に負ける。ある時は遊び、ある時は勝負する。バランス良くやるのがいい」

ナイスサポート！　いくら芸人さんだからと言って、二四時間フル稼働で面白いことを考えていたら、モーターから火の手が上がって焼け焦げ、精神が破綻してしまいます。

それにしても、この芸人の奥さんや追手風親方のケースを見ても、改めて、人それぞれ、色々な考え方があるものだと思います。第二章の所で、油井亀美也さんと会う機会を持った小学生の子供達が、日頃の勉強について、自身、やる気が起きない時に、どうしたらいいのか、油井さんに尋ねていた件を記述した際、自分が思うに、まあ、極論ではありますが、やる気がないのに、教科書を開く等という形ばかりのことをしても、実際には、本人にとって、何も身になってはいないとの思いから、やる気がないのなら、何もやらない。危機感を覚えるところまで何もせず、これをバネに、自然とやる気が出てくる時まで待てばいいとしたのは、例えば、ごくたまに、お寺で断食体験をする一般の人がいて、参加した人の話では、デトックス効果が得られ、体調がスッキリするらしく、同様に、やる気がないなら、しばらく、何もしないという時間を設ければ、やる気のない、その「ダメダメな気持ち」を排出出来るのではないかと思ったからですが、このことはともかく、仮に、自分が、この芸人の奥さんのような女性と夫婦の関係だったとしたら、お互い、ストレスの数値を上昇させること必至です。

「創作活動に取り組む者だったら、二四時間、毎分、毎秒、創作のことについて考えていなきゃいけないだろ！」

「いや、やる気が起きないんだから、何もしない。そして自分自身、やる気が起きるまで待つ」

「じゃ、いつなんだ⁉　いつ、やる気が出るんだ⁉」

「それは、自分でも分からない」

「このヤロー！」

ただし、仮に、自分が結婚するとしたら、相手の奥さんは、こういった、水車ムチのアクションを起こす騎手（第二章参照）のようなタイプではないという、根拠のない自信があります。それとも、単なる期待？　いや、願望？　妄想？

少なくとも、こちらがお願いすることは、自分がやる気を起こさないからと言って、不安を抱かず、また、声を荒らげること等もしない、どっしりと構えていられる、極めて情緒の安定した人であってほしいということです。

ま、身勝手なまでに膨らませて妄想することは、これくらいに致しまして、そう言えば、以前、何の専門家だったかは忘れましたが、「女性に比べて男性は、仕事中にも息抜きの時間を見付け出すのが上手い」と語っていた方がいて、また、この方自身、女性だったことから、どこかしら、その言葉に説得力のあるものを感じたのですが、だからこそ、芸人の奥さんにしてみれば、「芸人なら、二四時間、毎分、毎秒、面白いことを考えていなきゃいけないだろ！」という考えを抱いたりするのでしょうか。

果たして、正解や如何に？　いや、追手風親方が言うように、正解自体は、この奥さんの方なのでしょう。けれども、必ずしも、正論を盾に世の中を渡っていくことは出来ないのと同様、正解が真理とは限らないでしょう。遊びの中に仕事を見出し、仕事の中に遊びを見付けるというその好循環が、自身の作品にも豊かな彩りを与える⁉

それに、まあ、他の多くの競馬ファン同様、自身も、その一括りにされるのには抵抗がありますが、「ギャンブルは、関わるその者の人間性を表す」とかいう言葉って、なかったでしたっけ？　なら、必勝馬券研究とその実践について記述することは、自分という人間を、ひいては、自身の生き様を描くことになるのではないでしょうか。

「最大限の自己弁護」はさておき、そもそも、権威等の立場にはない「無所属」の者としては、心の赴くままに筆を進ませて頂ければ幸いです。

とは言え、本書の〝想定読者〟について、一体、誰を対象として考えたらいいものなのか。その内容が必勝法〝らしき〟ものとは言え、「生え抜きの」競馬ファンは考えづらいものがある。

別に軽視するつもりはなく、また、イメージで語ってもいけないんですが、この方達って、日頃、読書の習慣ってあるんでしょうか。

勿論、例えば、作家の中にも伊集院静さんであるとか、東川篤哉さんや高橋源一郎さん、あるいは〝文武両道〟の草野仁さん等の競馬好きはいるし、また、競馬評論家の井崎修五郎さんは、本のみならず、文化一般についての知識が豊富なようですけど、〝生え抜き〟というのは、ちょっと……。前述した、こちらが意味不明にシャウトされた、「ぶぅあぁぁ～～～ぎゃっ！　どるるるるるるぅぅぅぅぅっっ！」オヤジなんかもいるし……。

もっとも、こういう特別な例を、こちらがデフォルメして描いているところは多分にあり、実のところ、生え抜きは別としても、一般の競馬ファンは、他の人達と何ら変わりなく見受けられるものの、読書好き、または、もっと程度の高そうな読書家（ちなみに、重ねて、広辞苑に沿った本来の言い方は、『読書人』のようですが）を兼ねている方は、どれ程いらっしゃるのか。

また、見方を変えれば、例えば、村上春樹氏が受賞するのか、そのノーベル文学賞の結果が気になる「ハルキスト」の中に、明日の天皇賞の結果も気になるというような人は、果たして、どれだけいるものなのか。競馬とは無縁の領域にいる、読書家の〝精鋭部隊〟

という感があるんですが……。

まあ、こういう精鋭部隊のような極端な例は別としても、だからこそ、これまで競馬の話は、こちらが平日の作業として引け目を感じるというだけではなく、してこなかった訳なんですが、こうなると宣伝の仕方がポイントになってくるんですかね、余り、自分が考えるべきことでもありませんが。

例えば、スポーツ紙か何かで目にしたんですけど、日本でもヒットした『ロッキー』について、配給会社の宣伝業務を担当した人が、当時を振り返り、ボクシング映画で売ろうとしたら、その手のファンしか呼び込めないため、主人公のロッキーと、その彼女との恋愛を焦点とし、これを前面に押し出したところ、狙いが見事に当たったたという話がありましたが、これに倣ってみたとしても、本書は恋愛の要素なんてゼロだし……。働く意欲がないニートを対象に!? で、帯文の文句は、「競馬三昧で、遊んで暮らしましょうよ！」。

ま、極めて悪い冗談はさておき、恋愛要素ゼロを逆手に取り、昨今、生涯未婚の男性が、全体の四分の一になるという統計を見ても、独身志向の男性も増えてきているようですから、この人達を対象に、帯文は「家事、育児、しなくてい～んです！　お小遣いを制限されるなんて心配もご無用！　ストレスフリーの独身生活を謳歌しましょ～よ！」。

……無責任……我ながら無責任極まりない。ただでさえ、結婚願望のない男性だって少なくないというのに、こんなことに同調する人が増えたら、日本の人口の減少に拍車が掛かるだけではなく、総人口に占める高齢者の割合が更に増し、ひいては、国力を弱めることに繋がってしまいますか。

ちなみに、自分が抱いている印象として、読書好きって、と言うか日本の読書家（重ねて、正確には読書人だそうですが）は、何かを学ぼうとする意欲が強い方が多いのか、例えば、読後の感想として、「私も頑張ろうと思いました」であるとか、また、以前、ある高齢の女性の、自身の半生を記述した本を読んだ中・高生くらいの女の子が、「私なんて、まだ、まだ、甘ちゃんなんだと思いました」という声を寄せていたりしましたし、あるいは、又吉直樹さんが『火花』で芥川賞を受賞した際、マスコミがハルキストにその評価を求めたところ、「ハッとさせられるところも多々あった」等々、つまり、そこには「啓蒙」等という言葉を意識するものがあったりと、まあ、確かに、その建設的、または謙虚な姿勢、学びの精神というものは尊重致しますけれども、それればかりでは、本を読むという行為が、どこかしら窮屈なものになってしまうし、また、自身の至らなさ等を感じるために、本に接してもらうという訳でもないはずで、そもそも、本書は、そのような色合いを持っていません。

文学の周辺と言うのか、これを代表的な存在としている「本」というものが醸し出している漠然としたイメージは、アカデミズムな威光と言うか、どこかしら、気軽には足を踏み入れにくい老舗の料亭感と言うのか、大相撲が神事の側面を持つ、その厳かな感じって言うか、これでは、それが結果的に、ということだったとしても、「私なんて、まだ、まだ、甘ちゃんなんだと思いました」等という声が寄せられたとしても致し方ない。

前述したように、このような感情の根低にあるであろう、自らを高めようとするための内省の気持ち、また、何かを学ぼうとする心構えについては評価したいところではありますが、「私なんて――」等という感情を抱くことは、精神衛生上、自分自身に良い影響を及ぼさないのではないかと思うんですが。

桑田真澄さんが、現役の頃、選手としての取り組み方について、「準備、実行、反省」を自身のモットーとしていたということを耳にしたことがあり、大いに共鳴するところがありましたが、ただし、最初に「反省」を持ってくるのはよくない。

否定的な感情から入ることは、自身をスタートラインに立たせることも、何かを自らに生じさせることも難しくする。

誰の言葉なのか記憶は定かではありませんが、ノーベル賞を受賞するような科学者でも、実験の多くは失敗に終わるそうで、その中でも数少ない成功が、研究に携わり続ける原動力となるということを、以前、語っておられたことがありましたが、その失敗に終わった実験でも、ケースによって程度の差はあるでしょうけれども、想像するに、実験に取り組む際には、「ひょっとしたら、いけるんじゃないの、これ」との思いが、自身の心を占めているのでは？

悪い言い方をすれば、結果の如何にかかわらず、常に、そのように〝夢想〟しているからこそ、やがて、大きな成功を掴むことにもなるんじゃないかと思いますが。

そもそも、自身の価値というものを他者との比較で決めるべきではないし、ましてや、何十年と生き抜いてきた女性に対し、たかだか十何年しか生きていない子が、自身のことを至らないと感じるのは至極当然なことなのだから、その高齢の女性に対して覚えた敬意を、自らを貶める感情に繋げるべきではないし、ワインだって、鮮度が魅力のボジョレー・ヌーヴォーがあるのだから、何も自己否定の思いに囚われる必要もないと思いますけど。

ま、確かに、仮に「何十年物のワイン」を口にした場合、詩的な表現でも出来れば、通っぽくなるんでしょうけれども、実際には、「もわっとする」等と不快感を示す人だっているのだし、そう言えば、自身、二十代の頃、バイト先で一緒に働いていた、あるおじさんがいて、その時点での自分の目からは、気さくで愛想のいい人だという印象があったものの、ある時、その人が席を外した際、やはり、同じ職場にいた、おじさんと同じ世代くらいのおばさんが、このおじさんについて、「汚れているな～と思いますよ」と口にしていたことがあり、その時は、この人物評価に、人生経験の長さから来る、〝目利き〟の確かさを感じたものでしたけど、少なくとも、おばさんが評したような大人になるくらいなら、未完成なところが多々あったとしても、自身、ボジョレー・ヌーヴォーであることを誇っても良いのでは。

「通が好む、何十年物のワインであるところの貴女には、大いに敬意を表します。同時に、私は、毎年、その解禁を心待ちにしている人も少なくない、ボジョレー・ヌーヴオーです」

――これでいいのではないかと思いますが。

それに、自身、未完成であることに恥じ入ることは、自らが不完全であることに開き直るよりも、遥かに尊ばれることだと思いますよ。

ちなみに、あるお笑い芸人さんが、自身は「ボジョレー・ヌーヴォー」と発音するものだと思っていたのに、最近、「ボージョレ・ヌーヴォー」と発音するのを、またはその表記を、よく見聞きし、おそらく、ご自身が認識している前者では、どこかしら古めかしいとの引け目があるのでしょうし、また、デフォルメした言い方をして笑いを誘う意図もあるかと思いますが、「どっちの発音をして良いのか、萎縮する」等と語っていたことがありましたが、そのような困った時には、「広辞苑等の基準」に沿い、そのお墨付をもらえば良いかと。

そうなると、例えば広辞苑では、「ボジョレー・ヌーヴォー」という表記と言い方になるようですから、この芸人さんにしてみれば、萎縮する必要は全くなかったかと……。

こんなことを言い出したら、四十何年か前くらいの昔、例えば、「パーティー」のことを「パーテー」と発音する、特に年輩の人等は少なくなかったと思うのですが、その名残なのか、疲労回復に効果があると謳っている、語尾に「D」の付く、ある栄養ドリンクのTVCMでは、以前なら尚更のこと、ナレーターが商品名を口にする際、「デエーー！」と、声を張り上げていた、このことに比べれば（？）「ボジョレー」でも「ボージョレ」でも、取るに足りないことかとは思いますが……。

ちなみに、あるローカル局で放送されている、専門紙の記者を招いての、競馬予想番組で、GⅠレースに次ぐ格の高さのGⅡについて、MCを務める、ロマンスグレーの男性は「ジートゥー」と発音することに対し、ご自身、そのように口にした方が、本当の英語らしくなるとは分かっているのでしょうが、どこか気恥ずかしさがあるからか、アシスタントの、二十代と思しきお年頃の女性は「ジーツー」と、口にしていたりします。

話を本筋に戻すと致しまして、自身、映画も観れば本も読むし、あるいは、気に入ったマンガの単行本等も読む者としては、勿論、接するものは、殆どが娯楽物ということもあるとは言え、「エンターテインメント・バズーカプレート」も「インテリジェンス漬け丼」

も、自身がおいしく食せる、その一括りにあるため、本というものに対する一般的な姿勢が、映画やマンガに対するそれと色合いを異にすることは、個人的には、不思議でならないんですけど……。

何故なのかと考えるに、自分もそうだし、おそらく、多くの人達にとっても共通したことではないかと想像される、物心がついた頃、親やおばあちゃん等から、「子供のためになる」と、どこかしら教育的な側面を持っている童話等を勧められた、このことが出発点となり、読書という行為の原型が作られてしまい、その影響を長らく引きずっていらっしゃる（という言い方も、聞こえが悪いですが）方が少なくないからではないかと。

自分が長く引きずらなかったのは、確かに、最初の一歩は、教訓のある童話等だったものの、二歩目は『ドラえもん』辺りで、三歩目となると、週刊少年漫画雑誌といったところになるんでしょうか。

そこでは、『ブラック・ジャック』を始め『ドカベン』『がきデカ』『恐怖新聞』『はだしのゲン』等々に至るまで、また、その中には、『野球狂の詩』で、水島新司さんが、里中満智子さんとのコラボで作品を提供された回もあったりと、多種多様なものに接し、当然、その中には、一部、親やおばあちゃん等からも推薦されそうな、『はだしのゲン』のような作品（作者が戦争の悲惨さを伝えようと意図したことであっても、子供にとっては、刺激が強過ぎるとの見解を示す人も少なからずいるものの）もあるとは言え、反対に、有害図書に指定されること必至なものもあり、その代表的な存在の、あるマンガが人気を博していた頃、テレフォンサービスでオリジナルソングを聞くことが出来たのですが、そこで披露されていた歌詞等、仮に大人が口にしたら、大セクハラ問題となること、これまた、必至な、「頑張れ　頑張れ　ボクの○○○　○○○○太○　○○筋が」のフレーズ等、何十年と経った今でも覚えているし、そう言えば、水木しげるさんの描く妖怪等の姿は、奥さんの立場から見ても、不気味に感じたと語っておられたことがありましたが、同様に、『恐怖新聞』で、主人公の鬼形礼に災いをもたらす悪霊の姿等、個人的に、映画や小説等も含め、強烈な印象を残すキャラクターのベスト、いや、ワースト一〇に、確実に入るものであると、自分自身、二十歳直前での、小説等の読書デビューに至るまでの過程がこのようなものだったことから、自身、「エンターテインメント・バズーカプレート」も「インテリジェンス漬け丼」も、同じ土俵上で、いや、同じテーブルの上で、おいしく食せるという感覚があるのではないかと思うのですが、このことはともかく、自作の『いや〜、日本語って、本当に難しいものですね』について、ネット上で、幾つかのお褒めの言葉を頂いた中には、著書を通じ、「日本語の奥深さを感じた」といった、建設的に受け止めて頂いたご意見もあり、これはこれで、自身、身に余る光栄ではありますが、一方の「とても面白い内容だと思いました」とのご意見には、「それでいいんです、それで」、いや、それが、いいんです。

と言うのも、この著書は、自身のデビュー作である『隣の殺人者』において、正しい言葉遣いが出来ているか等についてまとめたもので、当初こそ、自身の取り組みが、その検分作業の、これ以上でも以下のことでもなかったものの、自身、何の問題意識もなく、自然と身に付いているものだと思っていた、この母国語について、例えば、「えっ、『年季がはいっている』って、いかにも古そうな建物等に用いる言葉じゃないじゃん」と気付くことがある等、進めていく内に楽しくなってきて、つまり、言うなれば、自分がゲームに興じているその姿に対し、余り建設的に受け止められても、どこか面映ゆいものがあるという訳です。

そのため、この著書に限らず、万が一！　自作に対し、「私なんて、まだ、まだ、甘ちゃんなんだと思いました」等という声が寄せられたとしたら、「えっ、自分自身、決して、そのような人間ではないんですけど……」と、どこかしら、かしこまるような思いを抱いてしまうでしょう。

それ故、特に自分自身、そのルーツへと遡っていけば、決して文学等には辿り着かない者として、本を読むという行為に対し、そして、その行為のための本を提供する側もまた、勿論、これを第一、且つ、共通のルールとすべき等と主張するつもりはないものの、例えば、メジャーリーグの「Play ball」的な精神が、もっとあってもいいのではないかと。

これって、「ボールで遊ぼう」とかいうニュアンスのものなんでしょうか？　同様に、存分に言葉を、読む際の遊び道具にしてもらいたいし、そもそも、重ねて、根っからの読書好きとは毛色が違い、人生の最終目標の〝一歩手前〟が、銀幕の〝裏方〟デビュー、〝二歩手前〟が、凱旋門賞を制する馬のオーナーになることで、最終目標が、とにかく一回、自身が競走馬に生まれ変わって凱旋門賞を制するという、その自分自身が言葉遊びに興じたい、と言っては聞こえが悪いかも知れませんが……。

そこで、本書の帯文は、「私なんて、まだ、まだ、甘ちゃんなんだと思いました」なんて思いを抱かず、自身、ボジョレー・ヌーヴォーであることを誇っての、「自己肯定推奨宣言！　自身を世界の、いや、宇宙の中心に置いたら、人間、スペシウム光線だって放てる!?」——これでは訳が分からないですか。

でも、昔、アントニオ猪木さんが、自身を卑下し、自ら可能性を閉ざしてしまっているような若者に対し、「何が『俺なんか』だ！」と、喝を入れていたことがありましたけど、少なくとも、「私なんて」「俺なんか」との思いを抱いていたのでは、あるいは、抱かせてしまったのでは、スペシウム光線を放つそのパワーの源である、ドーパミンの泉を満たすこと等、望むべくもない。もっと気を楽にして、「Play ball」の精神で臨んでみて下さい。

これでもダメなら、最後の頼みの綱はオタクか。世の中、研究熱心な人達はそこかしこにいるし、失礼ながら、ノーベル生理学・医学賞を受賞された大村智博士だって、ある意味、オタクですよね。では、この線でいきますか。帯文は、「オタクが一花咲かせる！大村智博士に私、そして、次はあなただ！」……いや、こんな巻き添えの仕方をしたのでは、大村博士にご迷惑をお掛けするだけですか……。

発想を変え、自らが色付けをするのではなく、読者に一任するという手もあるのでは。「賢者は、どのような物事からでも学ぶことが出来る。そして、賢者はあなただ！」

――!?

まあ、このことはともかく、出版社の方々にしても、競馬の予想行為という実態について、どれ程、把握しておられるものなのか。

その当時、三十代と思しき、若くして責任ある地位に就いておられる方とお話しする機会を持った際、話の流れから、こちらが〝アンダーフォーティ〟くらいに対してなら、知名度も高いだろうという前提で、お笑い芸人の、さま〜ずの名前を出したところ、相手方に一、二秒の沈黙があり……「ま、まさか、この方は!?」――確かに責任ある地位に就いておられるが故、なかなか、真の意味でプライベートな時間を持つこと等も難しいのだろうし、そのため、プライベートな時間の有効活用は必然ともなるのでしょうけれども……ま、まさか、この方は神童に生まれ、お出来になる程お出来になる生徒としての〝サナギ〟の期間を経た後、お出来になる社会人へと〝孵化〟した、つまり、教科書以外の愛読書は純文学や学術書といった半生だったが故に、お笑い芸人の名前等（勿論、この方達を揶揄しての表現ではありませんので、悪しからず）は頭にインプットされていないのか⁉　いや、『佐賀のがばいばあちゃん』の話が出た時には、著者である島田洋七さんの名前はご存じだったじゃないか。でも、あれは本が大ヒットしたことによるものなのか？　だとすれば尚更、競馬の必勝法らしきものについて語ること等、出来るのか⁉　出版社という、想像される、インテリらしき集団とその首領っぽい方の前に、やはり、本書は「文化の1945」となってしまうのか⁉

〝文武両道〟の草野仁さん、助けて下さい！　競馬の周辺には、決して、「ぶぅあぁぁ〜〜〜ぎゃっ！　どるるるるるうぅぅぅっっ！」オヤジばかりが群がっているのではないという証に、競馬サポーターとしての一面を、必要以上に、前面に出して下さい！

ちなみに、以前、自分が、この草野さんに対しての印象を新たにすることがありまして、と言うのも、ナリタブライアンがＪＲＡ史上五頭目のクラシック三冠馬となった、その年の暮れの有馬記念では、この馬が単勝一・二倍の一番人気に支持される中、キャスターを務める情報バラエティ番組の中で、草野さんが本命馬として口にされたのはチョウカイキャロルという牝馬だったためで、しかもその当時、このレースは牝馬が苦戦を強いられる傾向があり、また、同じ牝馬なら、どこかしら「名は体を表す」感のあった、男勝りのヒシアマゾン（実際、勝ったブライアンに対する二着だったように）の方が有力だろうと思われた中、ご自身は、東大の文学部社会学科を首席で卒業され、局の顔としてNHKのアナウンサーを勤め上げた後、華々しくフリーに転身された、言わば人生の王道を歩まれたのに反した、この非王道的な予想に、後に筋肉美を誇る姿を披露する機会が多々あったことも必然かと感じられる、攻めに攻め抜いた穴予想（しかも、知的でソフトな語り口に似付かわしくない）に、「ふしぎ発見！」の思いがしました。

という訳で、という繋げ方も強引ではありますが、競馬を予想する際の、自身の不思議発見！　を、遅ればせながら記述させて頂きます。

もっとも、このように銘打ったからと言って、実際に発見したことは不思議でも何でもなく、誰に対しても等しく示されている情報を活用しようとするに過ぎず、むしろ、変に競馬についての知識がない方が、実際に知識がアダとなり、自分が紆余曲折の中で、基軸をブレさせてしまったことも多々あったように、先入観なく、ご覧頂けるかと思います。

「そんな簡単に事が運べたら、苦労はないよ」——こんな声も聞こえてきそうではあり、また、実際、その通りで、そう簡単には事は運べないものの、事を運ぶための〝図面〟自体、簡略化することは、十分、可能です。で、可能にするためには、まず、どんなことから、自身を解放しなければならないかと言えば、それは――。

出走各馬の能力について推し量らない

「何をバカなことを……。こいつ、必勝馬券研究とその実践が趣味だ等と言って、さては、ど素人だな。正体見たり、だ！」――またまた、こんな声も聞こえてきそうではありますが、取りあえず、自分が失敗し、また、多くの競馬ファンにとっても、同じような苦い経験として印象に残っているのではないかと思われる、以下のケースについて回顧してみます。

①前年暮れのラジオＮＩＫＫＥＩ杯２歳ステークスで、ダービー馬候補と目されていたリーチザクラウンを撃破して翌年の弥生賞も制覇し、無敗のまま駒を進めた二〇〇九年の皐月賞で、断然の一番人気に支持されたロジユニヴァースが一四着に惨敗し、三連単の配当が三九万九三〇円となった。

②その皐月賞で完勝したアンライバルドが、ダービーでは一番人気に変わったものの、この馬は、ここでは一二着と惨敗。三連単の配当は二〇万一九六〇円。

多くの競馬ファンが少なからずショックを受けたであろう、そのことを具現化したかのような高額配当となった訳ですが、これら二つのレースは、自身、敗戦のショックの中にも、ヒントを残してくれていました。

この時に印象付けられたのが、その決し方。前者は三番↓八番↓四番人気で、後者は二番↓五番↓八番人気という組合せだったこと。通常、このような組合せで、これ程までの配当となることは珍しく、例えば、的中させた者としては、これはこれで、「つかなさ過ぎだろう」という思いはあるものの、二〇一〇年のマーメイドステークスでは、三番↓一四番↓四番人気という決し方で九万一〇一〇円。また、こちらの配当についての不満はない、二〇一五年の関屋記念では、二番↓六番↓九番人気で一〇万九五七〇円だったということからも、これらの皐月賞とダービーは、特別に人気薄の馬が絡んできた訳でもないのに、おいしい配当となった。言い換えれば、決して予想の難しいものではなかったのに、沢山、お小遣いがもらえたレースだったんです。

やはり、注目すべきは馬の能力ではなく、人気なのか？

振り返れば、二〇〇六年のオークスの時にも、三連単は一六万四三〇〇円の六ケタ配当となったものの、決し方自体は三番→五番→七番人気と、理解し難いものではなかっただけに、その時は、「決して難しい結果ではなかったのに、どうして的中させることが出来なかったのか」との、漠然とした思いに止まり、また、その後、「お試し期間」として設け、検分した、二〇〇八年の秋のＧⅠシリーズを経た後、ここで、はっきりと形あるものになった訳ですよ。

勿論、自分のこのような思いは、それこそ、年季のはいった競馬ファンからは、馬の能力に注目せずにどう予想を立てるんだと、「ど素人の戯言」だと揶揄されることにもなり兼ねないものなんですが、例えば、多くの人が勝てるだろうと見ている一番人気馬が負けた場合、そこに、仮に負けるだけの専門的な理由があったとしても、事実として、馬の能力に注目してレース前に予測したことは、そこに示されているレースの結果（一番人気が馬券に絡めなかった）を超えるものじゃないことは確かでしょ。

まあ、これは決して競馬を貶めるつもりなのではなく、予想するこちらが、競馬の予想を難しいものにしないためにも、「競馬の予想なんて、所詮は人気の組合せ」くらいに考えていた方が、上手く事を運び易いんじゃないかと。

事の始まりは二〇〇五年の秋――。その当時は、まだ三連単には手を出しておらず、馬単の馬券（一着と二着を順に当てる）に終始していたんですが、マイルチャンピオンシップとジャパンカップのレースでの決し方が、それぞれ三番↓四番人気、三番↓二番人気という、人気上位でのものだったにもかかわらず、やはり、通常は、これ程の配当にはならないという八〇四〇円、六三三〇円だったことに興味を覚えたものの、この時は、的中させることが出来た者としては、単に「おいしい」とだけ感じていた、その〝単発〟の思いが、ふとした切っ掛けから〝シリーズ化〟されることとなった訳なんですが、春秋の各シーズンにおいて行われるGⅠ、前述したように、トップクラスの馬達が、その中でも、一番強い馬を決めるレースのシリーズ（二〇一七年からは、春秋、各一二戦となったものの、これ以前は各一一戦）を見ていく内に、勿論、これは競馬を八百長等と言うつもりではなく、前もって結果が決められている訳ではない勝負事なのだから、堅く収まるレースばかりだったり、あるいは逆に、荒れるレースが続発したとしてもおかしくはないのに、「大概の場合、高額配当から低額配当まで、バランス良く提供されているような……」と感じた自身の思いに興味を抱き、同時に、根拠のあるものにしたいと、三連単の馬券が発売されて以降のGⅠシリーズの結果を検分していくと、勿論、そうは言っても勝負事なので、例えば、二〇〇七年の春のシリーズのように、報道番組でも、一〇〇円が一〇〇〇万円になったと伝えられたレースがあったように、荒れたレースが頻発したというケースも、例外的なこととは言え、あることはあり、また、その時々で、多少、異なるとは言え、一一戦あるシリーズの内、通常、三連単の配当が六ケタ以上となるレースが四つで、五ケタの配当になるレースが五つ、四ケタ配当は二つという〝構図〟になっていることが分かった訳ですよ。

ちなみに、自分は、これを「4―5―2の法則」と呼んでいるんですが、このことはともかく、当然、配当は人気と密接に関係しているだろうと、ようやく、ここで、人気について〝シリーズもの〟として考えるようになったところ、やはり気付いたことがあり、勿論、これも、それぞれのシリーズで多少のブレはあるとは言え、GⅠシリーズ全一一戦中、一番人気が三着以内に入るのは七、八回（その内、一着となるのは三、四回）。また、二～四番人気と五番人気以下が、それぞれ一着となるのは四、五回と三回程度。更に二ケタ人気の人気薄が三着以内に入るのは四回程であることを掴んだ時には、やはり、競馬は人気に注目した方が、事を上手く運べるはずだとの思いに至ったんですが、そもそも、「人気とは何なのか？」を改めて考えた時、これは馬券を買う多くの人達の「知恵の結集」であり、例えば、専門紙は別としてもスポーツ紙の記者の中には、紙面上で、これから始まるレースについて、まるで、今、見てきたかのように、「このレースはこういう展開となり、この馬が勝つんだ」等と、その記事を目にする者としては、「それは、単なる、あなたの願望じゃないでしょうか？」とお尋ねしたくなる予想をしている人もいるのですが、これは、少なからず、自身にも当てはまることでもあり、知らず知らず欲が絡み、どうしても見方に正確性を欠き易くなる。例えば、スポーツ紙の記者の場合だったら、それが記事として面白おかしくするためのものだったとしても、当たった場合の配当に応じ、こんな物を買おう、食事をしよう、あるいは旅行に出掛けよう等と妄想を膨らませているのを見るまでもなく、一個人の考えというものには限界がある。つまり、偏りや不備が生じ易いのに比べ、より多くの者達の知恵を結集させれば、偏りや不備といった、その程度やブレの幅は小さなものとなっていき、的中に近付けるんじゃないのか。

だからと言って、勿論、いつでも一番人気馬が勝つ等という訳ではないものの、この「人気」というものに注目すれば、これを活用する術は、ＧＩシリーズの結果等を見ても明らかなように、「ある」との結論に至った訳です。

ちなみに、自分は、これを「三人寄れば文殊の知恵作戦」、略して〝モンジュー（一九九九年の凱旋門賞を制し、その後、種牡馬として日本に輸入された馬の名前に因んで。また、クラシカルな言い方をすれば、巨額な費用を『どぶに捨てた』とも言える、高速増殖原型炉、もんじゅから来るものではありませんので、お間違いなく）〟と命名。

と、ここで、「モンジューだの４―５―２の法則だの考えて、何が楽しい!?」と、我に返るのだけは止めて下さい。

またまた、こんなところでお名前を出すのは恐縮ですが、大村智博士の場合だって、それが人類に貢献するものであるとは分かっていても、「土をいじくり回して、一体、何が楽しいんだろう？」と思う人も、中には、いるのでは。

でも、「土をいじくり回して——」等の思いを抱いていたのでは、ノーベル賞に繋がること等、望むべくもない。言葉遣いの間違い等、気にしなくても、十分、生きていけるものの、気にしていれば、ベストセラーを生み出す可能性は残す。モンジューだの４—５—２の法則だのと考えていれば、ＪＲＡからお小遣いをもらえる、その度合いは高められていく。

どうか、「賢者は、どのような物事からでも学ぶことが出来る」というスタンスで、お付き合いの程を——。

で、話を本筋に戻しますと、自身、この基本的な戦略を立てた時には、予想の根幹となる、確固たるものを得た。それまでは、専門紙やスポーツ紙の紙面上に打たれた◎や〇、▲と△等の印が作り出す、何となくのムードに自身の勘をプラスするだけの、非常に危うい予想をしていたのに反し、ちゃんとした〝基軸〟が出来ただけに、「有効となる武器」を得た。この先、もう大負けするようなことはないだろうと——。

「これさえ身に付けておけば、いかなる宇宙怪獣とも、互角に戦えるだろう」

『帰ってきたウルトラマン』第一八話、『ウルトラセブン参上！』において、宇宙怪獣ベムスターとの戦いに苦戦を強いられた、ウルトラマンの窮地を救ったセブンが与えた、「ウルトラブレスレット」を得たような気持ちになり、確かに、以前なら、箸にも棒にもかからず、といった感じで、何の感慨もなく、ただ〝ボケ～っと〟、ゴール前の光景を見詰めていたようなレースでも、ドーパミンを出せる度合いは高められたものの、これは「必勝馬券研究とその実践」における第一章に過ぎず、その先にある、クリアすべき課題を持った第二章が待ち受けていたことに、後々、気付かされる羽目となる訳ですが、どんな課題だったかと言えば、それは「心」。

前述したように、よく武道やスポーツの世界では、「心技体」という言葉が使われることがありますけど、自身、学生の頃には何の部活もしていなかったのに、必勝馬券研究とその実践に取り組むようになってから、度々、この言葉を思い起こすことになるんですが、まあ、「体」については、前日の晩、明日の競馬の予想で潤うことを楽観的に見越し、お酒を飲み過ぎて寝入ってしまい、予想に十分な時間を割くことが出来ないという程度のものですが、「心」に関しては、本当に痛感――いくら勝てる技を持っていたとしても、これを使いこなすだけの心が伴っていないことには、何にもならないのだと。
で、ここからは、その心のあり方についての〝あれやこれや〟について記述致しますが、まずは、モンジューと4—5—2の法則の「お試し期間」であった、二〇〇八年の秋のGIシリーズについてご覧下さい——。

第一戦　スプリンターズステークス
　一番→二番→六番人気の着順で、三連単配当　五五三〇円
第二戦　秋華賞
　一一番→八番→一六番人気の着順で、三連単配当　一〇九八万二〇二〇円
第三戦　菊花賞
　一番→一五番→九番人気の着順で、三連単配当　五二万三九九〇円
第四戦　天皇賞・秋
　一番→二番→三番人気の着順で、三連単配当　三二五〇円
第五戦　エリザベス女王杯
　四番→一番→二番人気の着順で、三連単配当　一万二六九〇円
第六戦　マイルチャンピオンシップ

四番→一番→一〇番人気の着順で、三連単配当　五万三九八〇円

第七戦　ジャパンカップ

九番→一番→二番人気の着順で、三連単配当　六万八九五〇円

第八戦　ジャパンカップダート

四番→七番→一番人気の着順で、三連単配当　六万九四六〇円

ここで、モンジューと4—5—2の法則について思い出してみて下さい。第八戦までを終え、一番人気が三着以内に入ったのは七回（内三勝）で、三連単の配当が六ケタ以上となったのが二回。第二戦の秋華賞で、通常は余り出ることのない、一〇〇〇万円を超えるような配当となったため、その分、このシリーズの六ケタ以上の配当は少なくなる可能性があるとは言え、二本で打止めになることも考えづらいし、また、一番人気に注目しても、八戦中、既に七回、三着以内に入ることを果たしていることから、多少のブレを考慮しても、この後、一番人気が馬券に絡んでくるのは後一回と見て、自分はこの先、好配当狙いのスタンスでいきました。

特に第八戦のジャパンカップダートでは、それまで一番人気が一着と二着を、それぞれ三回ずつ記録していたことから、このレースで一番人気となっていた馬が、馬券の対象外

となることは考えづらくも、通常、GⅠシリーズ全一一戦中、七、八回、三着以内に入ることを見込める一番人気ですが、三着が一回もないということも珍しいことなので、自分は、この一番人気馬の着順は、三着の可能性が高いと予測していたところ、その通りの結果になったことに気を良くしたこともあり、残りの三戦、「密かな自信」を持って臨んだのですが……。

第九戦　阪神ジュベナイルフィリーズ
　　一番↓三番↓四番人気の着順で、三連単配当　一万一七六〇円
第一〇戦　朝日杯フューチュリティステークス
　　二番↓五番↓一番人気の着順で、三連単配当　一万七二三〇円

あったとしても、この先、一回くらいだろうと考えていた、一番人気が三着以内に入ることが、更に続けて二回あったために、第九戦に関しては、一番↓三番↓四番人気等という決し方にもかかわらず、予想を外してしまいました。
しかしながら、最終戦である有馬記念を残し、これまで一番人気が三着以内に入ったのは九回となり、いくら何でも、もうないだろうと見て良く、また、六ケタ配当に関しても

二回のみに止まっているので、このシリーズでは、まだ出来ていなかった六ケタ配当GET！　の、最大のチャンスが巡ってきた訳です。

腕が鳴りました、燃えました。聞こえの悪い言い方をするようですが、「ほくそ笑み」ました。そして、前年のこのレースで高額配当を取り逃がした、そのリベンジの時がやってきたと――。

前年の時点では、まだまだ、モンジューと4―5―2の法則の基本戦略は確立されておらず、自分はダイワスカーレットという牝馬を本命に目したのですが、これがどういう馬かと言うと、一般の報道にもあったように、この年、六四年振りの、牝馬によるダービー制覇を成し遂げたウオッカを、桜花賞で負かしたという馬で、人気はウオッカの比ではないものの、個人的には、実力はダイワスカーレットの方が上だと感じていたのですが、有馬記念に関しては、それまで牝馬にとって厳しいレースを強いられ易いことから迷いが生じ、勿論、この馬を絡めた買い目もあったものの、後から考えれば、特に根拠のない、中途半端な買い方をしたことが裏目に出て、この馬が五番人気で二着に入ったことによる、三連単は八〇万八八〇円もの配当になっただけではなく、一着と三着だった馬は、それぞれ九番、六番人気だったため、結果的に、この馬を軸に、一ケタ人気の馬を八頭絡ませてのマルチ買い（本命にした馬が二着、あるいは三着でも当たる買い方）で、一点につき一〇〇円を投資し、一万六八〇〇円程度の投資金額で、八〇万円もの払戻金を手に出来ていた、その無念を晴らせると、力が入った訳ですよ。

で、自身の青写真は、前年の覇者であるマツリダゴッホという馬が一番人気に推されるものの四着以下に敗れ、三連単の配当は六ケタとなる――。

このゴッホ、前走のジャパンカップでは四着に敗れているとは言え、一着馬とのタイム差は僅か〇・二秒だったし、加えて、このレースは東京競馬場で行われたものであり、有馬記念は、この馬が大得意としている、中山競馬場の二五〇〇メートルの距離で行われること。また、ライバルの一番手であるダイワスカーレットは、前走の天皇賞・秋ではハナ差の負けとは言え、ウオッカにリベンジされていることから、この馬は、おそらく二番人気だろうと踏んでいたのに、蓋を開けてみれば、一番人気となる誤算――。

試練……。ダイワスカーレットの能力について疑いはないものの、モンジューからは、特に、それまでの一〇戦中、一番人気が九回馬券に絡んでいる……。有馬でも三着以内に入れば、このシリーズ、一番人気が馬券の対象外となったのは、たったの一回しかなかったということになる……。

あるのか、そのようなことなんて!? こんなに一番人気が馬券に絡んでくれれば、GⅠシリーズは、何も考えずに、一番人気から買っておけばいいという、至極容易いものになっ

てしまうじゃないですか⁉　そのような虫の良い話が世の中に、ましてや、一筋縄ではいかない競馬の世界にあるんでしょうか⁉

迷いは生じたものの、それでも、自分はダイワスカーレットを軸にして相手は一一頭。その内、スカーレットを逆転し得るV候補を四頭に据え、且つ、スカーレットが二、三着に敗れることも想定した買い方で、この時は、一点につき二〇〇円の、計三万八〇〇〇円の投資金額とすることを予定……予定？　何故、決定にしないんだ？　決定にしなかったことが運命の歯車を狂わせてしまうのか⁉

と、その前に、この年の暮れは旅行先の神戸で過ごしていたため、観光気分の解放感も手伝ってか、勿論、こちらとしても〝すがる〟つもりはないものの、タロット占いを商売にしている所があったので、遊びのつもりで一つ占ってもらおうと、もっとも、占い師に競馬の予想を聞いたところで、占ってもらう側としては、悪い言い方をすれば、「直ちに、且つ、はっきりとした形で」、その力量が分かってしまうからと推測する故、そこはかとなく身構えられるだけだろうし、実際、その占い師は、「いや、競馬の予想というのは、やっていないんですよ」と――。

いや、そうでしょう、そうでしょう。決して毒舌を振るうつもりはありませんが、競馬の予想を〝ずばずば〟と当てることが出来たら、それこそ、「蔵を建てる」ことが出来、何も占いの商売をやっている必要もないでしょうから、いいんです、いいんです。こちらも責めるつもりはありませんよ。その辺は良識ある大人の一人として、「暗黙の了解」とさせて頂きます。

だから、こちらとしては、相手に過度なプレッシャーを与えないよう、買い目ではなく、〝漠然と〟、あくまでも、自分の予想がどのような結果になるのかについてお尋ねしたところ、相手にとっても、自身の両肩に重圧の掛からない、リラックスした状態で臨めたことが幸いしたのか、「何と！」財運を賜わるという最高のカードを引き当てたことから、こちらもすっかり気を良くし、翌日曜の有馬記念一本に絞っていた当初の予定を変更し、土曜のこの日も、ウインズに出向いて二レースに手を出したものの、一方は外し、もう一方はガミってしまい、神戸牛のおいしいステーキでも「たらふく」食べられるくらいの額を散財してしまうという結果となり、それ故、占い師に憤慨し、「何がタロットだ!?」と、本来、たらふく食べられるはずだった神戸牛のステーキの損失分を取り戻そうと、有馬記念では買い目を二〇点くらいに絞り、レートを一〇〇〇円に上げて勝負に出たところ、結果は、当初、予定していた買い目一九〇点の、レートが二〇〇円の買い方をしていれば、三連単配当は九八万五五五八〇円×2の、「帯封」と呼ばれている、その中心で帯を巻いた一〇〇万円の束に、更に、ほぼ、これに近いものが加わった払戻金を手に出来ていたという、つまり、タロット占いの財運のカードは、この有馬記念に限るという解釈の仕方をこちらがしていれば、いや、そもそも、自身、有馬記念について占ってもらっていたのだから、至極、当然のことだったのですが……無念！

「ハマの大魔神」として活躍し、引退後もオーナーとして、GⅠ馬を所有するまでに至った佐々木主浩さんは、このレースを当てたらしく、また、競馬の必勝本も出された、お笑いトリオ、インスタントジョンソンのメンバーの一人である、じゃいさんは、以前、TV番組に出演された際、それまで自身が手にした、一レース分の最高額配当が九八万だと語っていたのを目にするにつけ、「自分が手にし損なった、あの……」との、忸怩《じくじ》たる思いが蘇り、有馬記念は自身にとってリベンジを果たすべき、必勝馬券研究とその実践者にとってのライフワーク（!?）となり、翌年は4―5―2の法則から読みがピタリと当たったもののの、これは「夢も希望もない」、三連単の配当が一万円台になるだろうとの推測通りの一万八八九〇円に終わり、もっとも、低額配当と見たならばレートを上げるという手はあるものの、こちらが、特に六ケタ配当ということを意識していない時等に、つまり、自身の無欲を評価されてか、競馬の神様から、思わぬご褒美を授かることも多いと感じているその経験から、ここも無欲に臨んだものの……という結果に終わりました。その後、二〇一〇年と二〇一二年には的中するも、それぞれ六万円台に二万円台と、リベンジを果たすには程遠い配当だったものの、翌年の二〇一三年には「遂に！」、〝一世一代の〟、いや、正確には、何度あってもいいところではありますが、大勝負に出られるチャンスが到来するのです！

この年の秋のGⅠシリーズは六戦を終えた時点で、三連単の配当が六ケタとなったのは秋華賞での二三万三五六〇円のみだったことから、4―5―2の法則に照らし合わせ、残り五戦中、少なくとも三レースは六ケタ配当となる。つまり、以後、六〇％の確率で六ケタ配当をゲット出来ると目せるということであり、実際、ジャパンカップと朝日杯フューチュリティステークスで、それぞれ二二万四五八〇円と一六万二九六〇円をゲット！

いや〜、こちらも伊達に必勝馬券研究に励んでいる訳じゃないですから、このような現象を目の当たりにする時、まるで騎手や競走馬が、「予め用意された」台本に沿って遂行する〝出演者〟であるかのような感覚を持ってしまう訳で、かつて「打撃の神様」と称された故川上哲治氏が、好調時に、ピッチャーの投げる球に対し、「ボールが止まって見える」と語ったとの伝説がありましたけど、同様に、自身、絶好調の時には、「レースの結末が見える」と、予言者にでもなったような気持ちになるもので、特に、この年の秋のGⅠシリーズは有馬記念を残し、一〇戦を終えた時点で三連単配当が六ケタとなったのは三本で、且つ、その最高額は約二三万円……。これまで六ケタが二、三本に止まった年もあることはあるものの、例えば二〇〇七年と二〇一二年の秋のシリーズは、それぞれの最高額が約八〇万と三〇〇万円であり、また、二〇〇四年の秋には最高額が約二五万円に止まったものの、この時には、六ケタ配当が四本出ている。

と言うことは、です！　フツ～に考えれば、確率を考えれば、この二〇一三年の秋のGⅠシリーズでの三連単配当の最高額が、約二三万円〝なんかに〟なる、その確率は極めて低いと見て良いし、「百万が一」、これが最高額になったとしても、少なくとも、有馬記念が六ケタ配当になる確率は非常に高いのだから、こちらとしても、何の不安もなく大勝負に出られると、まあ、こういう訳ですよ。

捲土重来！

ただし、このレースには、前年に続き、フランスの凱旋門賞でも一番人気となり、結果も二年連続で二着に入った、また、特に前年は、当人も痛恨の思いを抱いていたように、騎手の判断ミスで勝利を逃したと目されていた、コース形態や芝の状態、特に長時間の輸送や環境の違い等が一番の原因とされることから、通常、外国の地での勝利が難しいとされる競走馬の中にあって、各国の強豪が集う中、殆ど勝利を掴み掛けていたオルフェーヴルという歴史的な名馬が出走することになっていたし、また、ライバルとなりそうな馬達が出走を取り止めていたことから、元騎手の安藤勝巳さん等は「オルフェでしゃーないやろ」と語っていたものの、他者の見解や情報に惑わされているようでは、独自に研究に取り組む意味がありません。それにスポーツ紙等は、オルフェーヴルの調教状態が思わしくないことを指摘……。何やら不穏なムードが漂い始めていたし、仮にオルフェが勝ったとしても、二〇〇八年のように、一番人気が勝っても、二、三着に人気薄の馬が入り、高額配当となることだって、十分、あり得ることなので、こちらとしては、一点につきレートが一〇〇円の、千点を超える買い目に保険の単勝買いも含め、約一三万二〇〇〇円を投じての大勝負に出た訳です。

千点を超える買い目で一三万二〇〇〇円の投資金額って……まあ、客観的に見れば、非常識極まりない行為かも知れないものの、自分としては、これを常識にさせ得るための研究に取り組んでいるのですから、自身に対して送るサインは、〝迷わず〟「GO!」なのです。

ちなみに、この頃、デビュー作である『隣の殺人者』が刊行されるに当たり、出版社から、マスコミに向ける場合があった際の、自身のプロフィールやアピールしたいところ等を書き込むための用紙を渡されていて、自身の趣味である必勝馬券研究とその実践について触れ、その上で、これが有馬記念の結果が出る直前だったこともあり、こちらとしては馬券の予想が絶好調だったことから、予言者の如く、「有馬記念は大荒れとなり、高額配当をもたらすような結果となる」等と、アドバルーンを揚げたところ、結果は、単勝オッズ一・六倍の圧倒的な支持を受けた一番人気のオルフェーヴルがその評価通りの、八馬身差！　の圧勝というパフォーマンスを披露したばかりではなく、二、三着の馬も四、二番人気で、三連単配当は「まさかの！」五二四〇円……。

ありえないことが起きてしまった……。確率的に、極めて低いことが現実のものになってしまったと言わざるを得ない。あの、盛大に掲げたアドバルーンは、一体、何だったんだ⁉　好事魔多し……。そして、正に赤っ恥……。かつて、故野村克也氏が、チームの監督を務めていた頃、データに照らし合わせて勝負に出たものの失敗に終わった選手に対し、勝負に出るまでの過程における、その思考を評価し、結果は問わないとしていましたが、自分も、これを心の支えにするしかない。

で、翌二〇一四年の有馬は、と言うと、三連単の配当は一〇万九五九〇円で的中と、それなりのリベンジになった……のか……のか？　いや、この時は〝実質〟、我が人生、六回目となる財布落とし事件が……。

実質？　と言うことは、財布自体を落とした訳ではなく、財布を落としたことに匹敵する何かが？　……つまりは購入した馬券を紛失、いや、紛失と言うよりも、おそらく、券売機の所でお釣りは受け取ったものの、肝心の馬券を受け取るのを忘れたのではないかと……。

おそらくと言うのも、最初は馬券を床に落としたのかと思い、ＪＲＡの職員や清掃係に協力してもらって見付けようとしたが見付からず（ちなみに、このようなことをするのは、ＪＲＡの職員さんから説明してもらったことについて、自分が聞き間違えていなければ、あるいは記憶に誤りがなければ、『じみ行為』というらしく、本来は法律違反なんだそうですが……ちなみに、その後ＴＶで、競馬場で落ちていた馬券を拾い、仮に、これが当たり馬券で換金し、自分の物にしてしまったら罪に問われるのかについて、法律の専門家の見解を求めていた場面がありましたけど、自身、これを目にして、『えっ、落ちている馬券を拾うこと自体、法律違反なんじゃないの？』と思ったものでしたが、詳しいところは、どうなんでしょうか）、ひょっとしたら間違ってゴミ箱に捨てたのかも知れないと、ひっくり返してみたものの、やはり見付からず、そこで、券売機の所で馬券を取り忘れてしまったのだと、ウインズを後にした時に気付いたものの、券売機脇の窓口から、奥にいるＪＲＡの職員に、「券売機から馬券を受け取るのを忘れた人がいましたよ」等と〝申告〟するような、「心のきれいな方」がこのウインズ内にいるその確率は、果たしてどれ程のものなのかを考えれば、自身、どこかの誰かに対する、〝何日か遅れの〟サンタさんになるしかないと観念した次第です。

で、結局、このレース、こちらとしては、高額配当となることに望みを託し、六万六〇〇〇円×2の投資金額になってしまった故、何とも言い難い心境にさせられる、ガミってしまうことに……。でも、まあ、不幸中の幸いと言うか、「精神衛生上の環境整備の充実している」独身で良かったとも。

仮に奥さんのいる身で、また、これが一般的な奥さん像だと考えれば、「的中したの？で、配当は？　一一万!?　じゃ、どっか、おいしい物でも食べに行きましょうよ！」とか言われて、こちらが、「いや、一二万二〇〇〇円のマイナスだし……」と言いよどんだところ、「何でマイナスなのよ!?　まさか、去年みたく、一二万や一三万ものお金を賭けた訳じゃないでしょうね!?」と問い詰められたところで、こちらが正直に話そうものなら、お互いがストレスの数値を上昇させる羽目になるだけだろうと想像すれば、券売機から馬券を取り忘れた等とは、口が裂けても言えないため、外れたことにする外ないと。いや、ある意味、独身万歳ですよ。

こんな時、世の中、どこかに、こんな奥さんがいないものでしょうか……「旦那様、券売機から馬券を取り忘れたことなんて、どうか気になさらず、的中させたこと自体を、もっと喜んで下さいまし♡（語尾は、あくまでも〝まし〟でお願いします）。世の中、資金繰りに困って年を越せない人だっているだろうし、ひょっとしたら、そのような人に対し、心ばかりの、何日か早いお年玉を差し上げたのだと、善行をしたのだと、晴れやかな気持ちになって下さいまし♡」等と口に出来るような……。いや、やはり、これは夢物語？

しかしながら、自己弁護をさせて頂ければ、やらかした者に対し、その非を責めるのは、誰にでも出来る行為なのではないでしょうか。

失敗した、やらかした者がいたとしても、常に失態続き等ということは、余程の間抜けな人間でもない限り、まず、ないでしょうから、例えば、自らのエラーにより、チームが負けてしまったプロ野球選手がいたとして、また、その選手が、自身の過失を責めながら落ち込んでいて、且つ、仮に自分が、このチームの監督だったとしたら、その選手に対し、「何をそんなに落ち込む必要があるんだ。昨日の試合は、君がサヨナラヒットを打ってくれたお蔭で、チームが勝利することが出来たんじゃないか。さあ、気持ちを新たにし、明日の試合に臨もう」。

名監督……我ながら名監督……。ま、最大限の自己弁護は、これくらいにすると致し、また、話の本筋に関わることで触れておきたいこととして、春秋各一一戦あるＧⅠシリーズにおけるモンジューや４―５―２の法則を、通常のメインレースにも応用出来ないものかと考えたところ、その競馬場で行われる一開催分（通常、週末に行われる四週分の、計八日間）に注目。

例えば、GⅠシリーズにおいて見込める、一番人気が勝利する回数が三、四回程度なら、これを一開催中、二、三回程度と目していいのではないか？　同様に、GⅠシリーズにおいての、五番人気以下が勝利する回数が三回程度は、一開催においてなら二回程度。また、GⅠシリーズにおける二ケタ人気が三着以内に入ることが四回程度なら、一開催では二、三回程度。

あるいは、GⅠシリーズにおいて四回くらいは出る三連単の六ケタ配当は、一開催なら二、三回程度と考えてもいいのではと仮定したものの、GⅠシリーズがそうであるように、通常のレースも、一年を通して見れば、結果的に、何番人気の馬が勝つだとか三連単の配当がどのようなものになるのか等、〝バランスの良い〟ものとはなるものの、その途中経過は、堅めの配当が続くこともあれば、逆に、高額配当が続出することもあったりと、なかなか、「絵に描いたようには」決まってくれない。

例えば、二〇一三年の第一回東京開催における全八日間のように、

一日目　三番→一番→二番人気の着順で、三連単配当　一七〇〇円
二日目　五番→一番→一〇番人気の着順で、三連単配当　一〇万三〇九〇円
三日目　四番→一〇番→一番人気の着順で、三連単配当　九万九三七〇円

四日目　二番→五番→四番人気の着順で、三連単配当　一万六四九〇円
五日目　四番→三番→二番、八番人気の着順で（三着については同着）、
　　　　三連単配当　一万三七〇円　四万一九六〇円
六日目　四番→二番→九番人気の着順で、三連単配当　七万九三三〇円
七日目　一番→四番→六番人気の着順で、三連単配当　三万二〇五〇円
八日目　三番→九番→七番人気の着順で、三連単配当　一一万一一三〇円

と、ほぼ、典型的にバランスの良い結果となることは少なく、例えば、二〇一一年の第一回札幌開催のメインレースでは、この札幌開催に先立ち、同じ北海道の地で行われていた、第二回函館開催の、初日からのメインレースの結果の推移も含め、一一日間で一番人気が三着以内に入ったのが七回であることを含め、内五勝と、三連単の配当もこれに比例し、六ケタが一回に止まっていたものの（しかも、三万円未満のものは七回）、こちらとしては、最終日まで、このような〝平穏無事〟な結果に終始する訳がないと、四日目の重賞レースの札幌記念では、一番人気が三着以内に入ることを果たせず、且つ、三連単も高額配当を見込めるのではないかと期待したものの、結局は、この日も一番人気の馬が勝ち、三連単の配当も一万円台に終わり、トリガミの羽目になった経験等から、安易にＧⅠシリー

ズ全一一戦を、一開催分の八日間に当てはめることには無理があると感じた次第です。

もっとも、通常のメインレースにおける、「春夏秋冬の季節を問わない」アプローチもあることはあり、これは確率を考えた上で、レースを勝つのは一番～四番人気までの割合が高く、また、三着以内に入るのは一ケタ人気の九番人気までの割合が高いことから、〝My格言〟としている、「買い目に迷った場合の4―9」――つまりは、一番～四番人気までをV候補とし、これらの人気馬を含めた九番人気までを二、三着候補に据えるという買い方で、また、「大事を取っての」5―9、あるいは4―10という、若干、スライドさせた買い方もあります。

ただし、これらの買い方による、一レースにつき、約二万二〇〇〇円から二万九〇〇〇円の投資金額は、一般的には多いでしょうけれども、自身、投資の対象としているのはメインレースのみの、「一点集中爆撃弾」のスタイルを取っているし、また、その金額を、大体、どれくらいにしたらいいのか、以前、ある年一年間の、全重賞レースにおける、三連単の配当を調べたところ、二万円くらいは、十分、可能であることを把握し、勿論、これを下回る配当になることはあるし、また、勝負事なので、その結果は推測し切れないところもあるとは言え、ＪＲＡの立場になって考えた場合、三連単の配当が四ケタだとか一万円台が余りにも多ければ、ファン離れに繋がり兼ねないと危惧するだろう故、「基本的に、

ＪＲＡは、それ程サービスの悪いことはしない」と目して良いのではないかと。

だからと言って、八百長が行われている等という意味では、勿論、ありませんが、言うなれば、「ＪＲＡの総意」といったところでしょうか。勿論、総意がレースの結果をコントロールすること等出来ないものの、結果的には、反映されているのだから、こちらとしても、余り投資金額を低く設定する必要もないかと思うし、また、仮に的中したとしても、トリガミとなってしまうことも止むなし、というのが自身のスタイルということです。

それに、多少、投資金額がかさむ、4―9、5―9、4―10といった買い方でも、実際、上手くいけば、三連単配当は三〇万円台くらいはゲットすることも可能で、例えば前述した、やはり、人気というものに注目するべきだと感じた、二〇〇九年の皐月賞が三九万九三〇円（三番→八番→四番人気の着順）だったということだけではなく、二〇一二年の根岸ステークスも三七万九五五〇円（四番→九番→五番人気の着順）で、自身が「ゲット！」してお祭り気分を味わえた、二〇一四年のダービー卿チャレンジトロフィーもまた、三一万八七九〇円（四番→九番→八番人気の着順）という例を見ても、全く非現実的なことじゃない。

ただし、後者は、結果的には四番→九番→八番人気という決し方だったとは言え、戦前は混戦状態で、人気の入れ替わりが激しく、自分が、発走時刻の三〇分前にオッズを確認した時点では、一着から三着までの馬は六番、一一番、八番人気だったことからも、このレース程の人気の入れ替わりが激しくなくとも、最終的にオッズがどうなるのかは不確かなので、一応、出走各馬の能力について考慮しておくという〝下調べ〟をする必要はありますが……。

また、いくら買い目に迷って4―9、または5―9等の買い方をする場合でも、その開催地での、初日からのメインレースの結果の推移に注目しておかなければならないのは必然で、例えば、四日も五日も続けて二ケタ人気が三着以内に入ることがなかったならば、そろそろ出番があるのかと注意しておかなければならないし、勝ち馬の人気の推移についても同様。

この推移について整理しておくと、そのメインレースを推し量る上での注目すべきポイントは四つで、そこに至るまでの、開催初日からのメインレースにおける、

①勝利を含めた一番人気の三着以内の回数
②各レースで勝利した馬の人気
③二ケタ人気の三着以内の回数
④三連単の配当

ちなみに、ちょっと競馬が詳しくなった人が陥り、競馬の難しさを感じる羽目になる問

題の一つとしての、「一〇年予想」――つまり、そのレースの過去一〇年分のデータから傾向を把握し、予想を立てるというやり方があり、何が問題なのかと言えば、〝縦軸（そのレースの過去一〇年分のデータ）〟の傾向は、〝横軸（そのレースが組まれている開催地での、初日からのメインレースの結果の推移）〟によって決まる面もあるということ。

例えば、縦軸に注目した場合、荒れる傾向のあるレースでも、横軸の推移が、そのレースが行われるまで、好配当、高額配当が数多く出ていた場合、堅く収まるということは十分あるので、「一〇年予想」に挫折する羽目にもなるという訳です。

また、これは邪推の域を出ないものではありますが、そのレースの傾向が未来永劫、変わらなかったとしたら、予想する側は、アプローチに一〇〇％の自信を持って臨める訳ですから、「そう易々とは、おいしい思いはさせませんよ」といった、〝目に見えないカ〟が働くのではないかとも感じるのですが……。

ま、このことはさておき、更に補足すれば、メインレースに至るまでの、その日の第一レースからの推移に注目すれば、尚良いとは思うものの、自身、「的中させたい党」で、且つ、〝出来れば好配当、高額配当をゲットしたい派〟に属しているため、例えば、第一レースからの、あるいは、メインの三つ、四つ前のレースが堅く収まっていたりすると、メインレースでは好配当を期待出来るのではないかと妄想を膨らませ過ぎる余り、過度な金額を投資してしまい、当たってても、トリガミとなることも少なくないんですが、逆に、こういった経験がアダとなってしまうこともあり、振り返ってみれば、自身の第六感について〝素通り〟せず、もっと突き詰めて考えるべきだったと感じたのが、二〇一五年のヴィクトリアマイルという牝馬限定のGⅠレースで、その日は、このメインレースが行われるまで、第一レースから、三連単の配当が四ケタと一万円台に終始し、「これは、メインで反動が出るのではないか」と期待したものの、前述したように、こちらの妄想に終わったことも少なくないその記憶が邪魔をしてしまい、「こういう結果に終始する日なのか」と思っていたら、何と！　結果は一八頭中、最低人気の馬が三着に入り、二着も一二番人気の馬と、勝った馬は五番人気ながら、三連単の配当は二〇〇〇万円超えとなってしまい、加えて、二、三着に入った馬の鞍上は、こういう荒れるようなレースで大いに出番のある、吉田豊、江田照男騎手だったことから、ハナから荒れると目したのなら、この二人に注目して突破口を開くことも可能だったのではないかと。

更には、その真偽の程は別として、個人的には、ダミーが数多く織り交ぜられる中、時折、その効力を発揮すると思われる、二着に入った馬は「サイン馬（出馬表の中で、三着以内に入ることが有力だと思われる馬が、さり気ない形で示唆されていること）」で、このレースにおいて言えば、二着馬と隣のゲートの馬の父が、同じ種牡馬だったこと。

一応、こちらも、このことについてはレース前に気付いていたものの、専門紙の調教状態の評価が芳しくなかったことから現実的な判断を下してしまったものの、後述することとして、これは予想する上での、ファクターの優先順位に置くべきものではなく、同様の経験は以前にも、例えば前述した、自身、三連単配当、約九八万円×2の払戻金を手にし損なった、二〇〇八年の有馬記念では、二着に入り、高額配当の立役者となった、一四頭の出走頭数中、最低人気の馬について、レース前はコース巧者として注目していたにもかかわらず、愛読している専門紙の調教状態の低評価を重視し、買い目から外してしまった等の苦い思いをしているはずだったのに……。

そして、その日が全般的に堅めの配当に終始していたことはあっても、三連単の配当が四ケタと一万円台だけなんてことはなかったはずなのだから、突破口は現にあった……と思ったところで後の祭り。

また、この教訓を生かそうにも、競馬の場合、すぐにはその機会なんて与えられず、往々にして、「忘れた頃にやってくる」もので、しかも、全くの同じ形ではなく、若干、〝スライドさせる〟ものだから始末が悪いんですが、「忘れようにも忘れられない」この経験は、いずれ、どこかで、且つ、スライドさせた形にも対応出来るよう、自身、想像力を働かせながら、生かしたいものだと、リベンジを誓う次第です。

ちなみに、このレース、あの林先生は、三着に入った、最低人気のミナレットという馬を本命にするという、「どえらい」着眼点の良さを発揮したにもかかわらず予想を外したようで、端から見れば、一八番人気の馬が本命なのだったら、当たれば十二分に見返りがあるのだから、〝買い目に漏れがない〟、一点につき一〇〇円の八一六点買い、計八万一六〇〇円の投資金額でも、「有り余る」お釣りが戻ってきたのに……等と思ってしまうのですが、勿論、所帯を持っているからとは言え、あれだけ年中ＴＶに出ているのだから、それなりに、自由に使えるお金はあるはずでは？　八万一六〇〇円どころか、一点につき一〇〇〇円の八一万六〇〇〇円、いや、一点につき一万円の八一六万円を投資することだって可能では？　ならば、払戻金は二〇億!?

ま、もっとも、払戻金が二〇億になるような賭け方をしていたら、実際の三連単の配当は、もっと低くなるでしょうけれども、この点を踏まえても、億単位の払戻金を手に出来ることは間違いない。

「うわ～、遊びに使うお金で、有り余る程の退職金をもらっちゃったよ、あの人」等と想像してしまうんですが、まあ、このことはともかく、このエピソードを耳にした時には、あの時、仮に林先生がアドバイザーとして、いてくれたらと――。

「先生、今日、第一レースから一〇レースまで、三連単の配当が全て四ケタと一万円台に止まっているんですが、これは、メインで反動が出るということなんでしょうか？　それとも、終日こうなんでしょうか？」

「それについては、確実なことは言えませんが、私の本命はミナレットです」

「最低人気の⁉　何という着眼点！　やはり、そうか！　メインでは〝ドーン！〟と、反動が出るということなんだな！」

と、自身、踏ん切りがついたかも知れなかったので……。

ま、こういう特例、特にGⅠレースにおけるものは別として、買い目に迷ったら4―9、5―9等という手も一考ではあるものの、自分自身、主観的に判断することのマイナスの面を解消するためのモンジューを、予想する上でのベースにしているとは言え、〝通年〟4―9、5―9、4―10といった買い方をする気にはなれない。

この買い方では、ゲット出来る配当の額には限界があるし、また、当然、六番人気以下の馬が勝つことも、一一番人気以下の馬が三着以内に入ることだってあるし、これ以前に、全くの機械的な買い方には〝自力優勝〟感がない。

当たれば一等の当選金額は、「ウイン5（五レース分について、それぞれの一着馬を当てる馬券）」は別として、競馬の一レースでゲット出来る配当の比ではないものの、個人的に、宝くじには「全く乗れない」理由がこれ――他力本願の運任せ――で（もっとも、以前、宝くじを研究している人が、当たりくじについて、ある程度、狙いを付けることは出来るということを語っていたことがありましたが）、自身、全く興味が湧かないので、この脳内映像は、かなり昔のものかと思いますが　単に0から9までの数字が印字されている的を、くるくると回し、そこに矢を放ち続けて当選番号を決めるという、〃はなはだ〃ドラマ性に乏しいものであるということも、その要因の一つなんですが、興味が湧いてこないと言えば、前述したように、神社仏閣等のパワースポットでご利益を得ようとすることについても、中には、宝くじに当たっただとか結婚出来たという話も聞きますが、因果関係については、実際のところは分からないでしょ。

そもそも、「神様がそんな簡単に、人々に対して幸せを授けてくれるものでしょうか？」と、どこかしら、安易だという思いが否めない。パワースポットに行ったくらいで元気になったり、人生が好転したり、幸せになれるんだったら、人間、何の苦労もないのでは？

決して罰当りなことを口にする気はありませんが、仮にパワースポットで幸せをもらえたとしても、神様は何人にも幸せを分け与えなきゃならない訳だから、せいぜい、それは「バーゲンセール程度」のものなんじゃないでしょうか。自身、無神論者ではないものの、神様というのは、多くの者達の頼み事に「ほい、ほい」と、安請合いするような存在とも違うような気がしますが……。

ま、このことはさておき、通常のレースにおける〝通年戦法〟の4―9、5―9、4―10といった買い方がGⅠ戦にも通用するかと言えば、これはこれで、少し性質が違うもので、と言うのも、GⅠシリーズは一年間の総レースを、春秋各一一戦に〝凝縮〟したものだけに、通常のレースでは余り三着以内に入ることのない、一三、一四、一五番人気といったところが、「平然と」連対を果たしたり、三着に入ってきたりするので（通常のレースにおいて、二ケタ人気の三着以内があるとすれば、大方は一〇、一一番人気といったところですが）、GⅠシリーズ全二二戦中、基本的に、一番人気が三着以内に入るのは、七、八回程度見込めることから（時折、一番人気が弱いシリーズもあるとは言え）、一番人気を中心とした買い方をしようとしても、例えば、二〇一四年のNHKマイルカップでは、一番人気が勝利するも、二着に入ったのは、非常に手を出しづらい一七番人気だったり、同様に、この年の安田記念でも、勝った一番人気に対する二着の馬は一六番人気だったりすることも、それ程、珍しいことでもない……と、このようなことを書き連ねていると、「何だ、この本は必勝本ではないのか⁉　必勝法について教えてくれるものじゃないのか⁉」と思われる人も、中にはいるかも知れませんが、それについては、「甘い！　甘過ぎる！大甘大王もいいところだ！」と言わざるを得ない。それこそパワースポットへ行けば、「何かいいことありそう」等と期待を膨らませるのに似たりで、そもそも、この章の題でもお断りしたように、必勝法にレシピなんてものはないし、また、レシピで勝てるんだったら、これまた、何の苦労もない。

そりゃ、必勝本の類は数多く出回っていますけど、これらの殆どは、良い面だけをクローズアップしたものだということにも、薄々、お気付きになられているのでは。

世の中同様、競馬の予想もまた然りで、そんな簡単に自身の操縦の利くものじゃないし、言い換えれば、レシピで勝てる人生なんて、「味気ないこと、この上ない」のではないでしょうか。マニュアル通りにやれば、はい、幸せの出来上がり……。その勝利のプライスは、果たして、如何程のものなんでしょうか。

また、自身についても、本書が、単なる「幾ら投資して、どのくらい儲かった」といった話に終始するものだったら、それこそ、間違いなく、「文化の１９４５」となってしまうし、曲りなりにも、ではあっても、創作活動に取り組む者として、その肩書を自身に持たせるのは止めなければならない。

本書では別の価値観、自身の取り組み方を通じ、生きる上での喜びのヒントとなるものを提供させて頂きたい故、単なるレシピやマニュアルは記述しません。それらしきものがあったとしても、限界があることにも言及致します。競馬の予想における現実は、決して簡単なものではないことを目の当たりにして下さい。むしろ、難しく考えてもらった方がいい。頭を悩ませてもらった方が有難い。けれども、難儀な――地雷等のトリックが、あちこちに仕掛けられている戦場を潜り抜けたその先には、ドーパミンの泉が溢れる、喜びの地が待っているところまでお付き合い頂ければ幸いです。

もっとも、更に頭を混乱させるようなことを言うようですけど、一見、競馬は難しそうでも、〝中核〟となるところを押さえておけば、それ程、大崩れするようなことはなく、難しいものとはならないはずなのに、結果、難しいものとなっているのは、と言うより、正確には、難しいものにしてしまっているのは自分自身であるとも言え、言い換えれば、迷いや不安が生じる、また、欲が絡んだ、とんでもない妄想を膨らませていたり、あるいは、正解に辿り着くための手順を踏んでいると思われたことが、優先順位を取り違えた考え方をしていたりと、つまりは、予想の行為における「心技」の心の部分、いくら勝つための技を持っていたとしても、これを使いこなせるだけの心が伴わなければ、元も子もないということに気付かされることだって多々あり、「四十にして惑わず」なんて言葉がありますけど、競馬の予想においては、少なくとも自分としては、「心」が克服すべき最大の課題となっていて、二〇一五年の時点では、予想における優先すべきファクターというのは、

①出走各馬の人気

何よりも、これが群を抜いていることに加え、以下、

②専門雑誌による血統評価

③専門紙による出走各馬の調教状態の評価や、専門紙上の調教師や助手等の関係者のコメント。そのレースの過去一〇年のデータ。また、ネット上で提供されている、重賞レースにおける各騎手の通算成績。あるいは、①に注目した場合の、その開催他での、初日からのメインレースの結果の推移等々、言わば③は②と共に、①の「サプリメント」の役割とすべきもの

であることは分かっているものの、何故、失敗も招いてしまうのかと言えば、この中核とすべき①の予想でも失敗に終わることもあり、もっとも、ロングディスタンスで考えれば、この基本に沿ったやり方がベストだとは思うものの、例えば、本来、サプリの役割である、関係者のコメントに閃きを覚え、これが的中に繋がることもあれば、サプリどころか、「邪道」な考え方でも成功を見込め、実際に、三連単配当が六ケタとなるような成功をもたらすことだって少なくなく、また、アプローチが多くなると、出走各馬の取捨選択に関して大事なポイントを見逃してしまったり、いや、正確には把握していたつもりでも、心に留めていなかったりすることも起きる訳で、こうなると、やはり原点に立ち返った、シンプルな思考でいくのが一番だと感じるものの、完全ではないことも、また、事実

……。

いや、競馬の予想に完全を求めるのが、そもそも間違っているのか？　厚かましいのか？　強欲なのか？　……。毎週当てたい、毎回当てたい。出来れば、好配金、高額配当をゲットしたい……。夢想家……我ながら、呆れるまでの夢想家……。いや、あり得ないことを追い求めるのが夢想家の夢想家たる所以です、と、これまた、何の自慢にもなりませんが……。

では、この夢想家の夢想家たる所以により迷宮に入り込むことになった、様々なアプローチによる、それぞれの成功例と失敗例を見て頂きますと、

〔1〕基本であるモンジューに、忠実に予想したことによる成功例

①二〇一〇年二月一四日　第一回東京六日目　第六〇回ダイヤモンドステークス（GⅢ）

前年の菊花賞で二着に入り、その後、ステイヤーズステークス（GⅡ）で勝利し、有馬記念でも四着と健闘したフォゲッタブルという、このレースで一番人気になっている馬を軸にするというのは妥当な考え方だと思われたが、相手は何番人気までとすれば良

いかを考えた時、ハンデ戦ということもあり、人気薄が三着以内に入ることを考慮するのも当然で、例えば、ドリームフライトという馬は、専門紙やスポーツ紙等の評価は低くとも、人気に注目すれば一〇番人気と、二ケタ人気の中では、確率的に一番可能性が高いと目すべきものだったことから買い目に入れた結果、この馬は、勝利したフォゲッタブルに対する三着に入り、一番→六番→一〇番人気という決し方で、三連単配当は一五万一三七〇円。

②二〇一〇年三月六日　第二回中山三日目　第五回夕刊フジ賞オーシャンステークス（GⅢ）

まず、考えるべきは、三着以内に入る確率の一番高い一番人気についての、その可能性について、このレースで一番人気となっている馬に万全とは言えないものを感じたため、ここは、前年の当レースで三番→六番→五番人気という、割と上位人気同士による決し方でも、約一二万三〇〇〇円の三連単配当となっていたこともあり、ここは〝基本中の基本〟である4―9（一番人気～四番人気までをV候補とし、これらを含めた九番人気までを二、三着の候補とする買い方）で勝負。

V候補、あるいは二、三着の候補の中には、自身の感覚では違和感のあった馬もいたものの、これこそが、モンジューから逸脱する、主観による判断の負の部分だと思い直してこの買い方を実行したところ、二番→七番→八番人気の決し方で、三連単配当は一一万二三六〇円。

勝った二番人気の、キンシャサノキセキという馬については、自身の〝心の本命馬〟だったものの、二着に入った馬は、買い目から除こうかと考えていただけに、改めて、モンジューの重要性を実感。

〔2〕基本であるモンジューに、忠実に予想しなかったための失敗例

①二〇一〇年一〇月一〇日　第四回東京二日目　第六一回毎日王冠（GⅡ）

このレースは、六番人気ながらも、専門雑誌による血統評価が高かったことから、アリゼオという馬も、五頭をV候補としたその中に組み入れ、実際、この馬が勝利を収めたものの、二、三着の候補に、確率を考えれば、比較から、基本、その上位に置くべき九番人気の馬を切り捨て、代わりに一〇番人気の馬を買い目に入れた結果、切り捨てた九番人気の馬が三着に入り、六番→八番→九番人気の決し方で、三連単配当は三一万五

二〇〇円……。お恥ずかしながら、感情が〝プチ暴発〟してしまいました。

②二〇一一年五月二九日　第三回東京四日目　第七八回東京優駿（GⅠ）

いわゆる日本ダービーです。この年は、その後、二年連続で、凱旋門賞でも一番人気に支持されることとなる、オルフェーヴルという歴史的な名馬が一番人気となっていて、この馬が、おそらくは人気に応えるだろうことについては疑う余地はなかったものの、二、三着の候補に、やはり、ここでも、毎日王冠と同じ愚を犯すことになった、一〇番人気の馬を切り捨て、一一番人気の馬を買い目に入れた結果、一一番人気の馬は馬券の対象外となるのに反し、一〇番人気の馬が二着に入り、一番→一〇番→八番人気の決し方で、三連単配当は一〇万三〇〇円。

しかも、本来なら、的中するはずだった馬券を、締切一分前に買い替えた末の……というもので、そう、これは『隣の殺人者』で描いた、競馬の予想を外す羽目になった主人公が、手にしていた傘を垂直に床に叩き付けた結果、開閉するためのボタンが壊れ、傘を閉じることが出来なくなってしまったという、あれは、この実話（感情〝プチ暴発〟事件その②）を基にしていました。

〔3〕サプリを重視したことによる成功例

①二〇〇九年一一月二二日　第五回京都六日目　第二六回マイルチャンピオンシップ（GⅠ）

②二〇〇九年一二月六日　第五回阪神二日目　第一〇回ジャパンカップダート（GⅠ）

これらのレースは共に、専門紙の紙面の、厩舎関係者のコメントに感じるところがあったため（前者は前走大敗も、それ相応の原因があったことと、後者は相手なりに走れる馬とのことから）、一四番人気と一二番人気ながらも、それぞれ一、三着に入り、前者は一番→一四番→二番人気の決し方で、三連単配当は一〇万六六八〇円で、後者は一番→五番→一二番人気の決し方で、三連単配当は一三万一九六〇円となる。

〔4〕サプリを重視したことによる失敗例

①二〇一四年一二月二一日　第五回阪神六日目　第六六回朝日杯フューチュリティステークス

（GⅠ）

このレースで二着に入った馬について、専門雑誌は血統面での評価をしていたものの、この鞍上についての、ネット上で提供されている、重賞レースの成績に気を取られる。と言うのも、この騎手の、通算のGⅠ成績については、それまで六〇戦の騎乗数の内、二ケタ人気で連対したことはなく、しかも、連対を果たした時のその内容は、三、四番人気という上位人気でのものであり、且つ、その回数も三回で、確かに一六番人気で三着に入ったことはあるものの、騎乗馬が一四番人気となっているここも、同様に三着止まりと見たことにより、失敗に終わる。

一番↓一四番↓三番人気の決し方で、三連単配当は一三万三五七〇円。

②二〇一三年九月一日　第二回新潟一二日目　第四九回農林水産省賞典 新潟記念（GⅢ）

感情〝プチ暴発〟事件その③……。このレース、例年の傾向と、この開催の、初日からのメインレースの結果の推移を踏まえ、おそらく、高額配当になるだろうとの読みから、多少、多額の投資となったとしても、最悪、回収は可能と見た。

とは言え、まだ、給料をもらったばかり故、なるべく出費は控えたいのも事実で、出走頭数一四頭中、一〇頭の争いになるだろうとの予測は容易だったものの、V候補についての絞り込みについてはそうはいかず、それでも、高額配当になるのだからと、一時は、これら一〇頭全頭をV候補に（七万二〇〇〇円の投資）、とも考えたが、その中のコスモネモシンという馬について、それまで、当レースと同距離のレースの成績が（〇〇27）と、二回記録した三着が最高で、しかも、その時の人気が、それぞれ一、三番人気だったということから、この馬だけは勝つことはないだろうと目していたところ（実際、その通りに一〇番人気の低評価）、その「まさか！」が現実のものとなる、一〇番↓八番↓七番人気の決し方で、三連単配当は何と！　五五万八〇一〇円……。

レース前にその判断を下すのは難しかったとは言え、一頭、V候補から外すか否かで天国と地獄の差……。競馬の神様（いや、悪魔だったのか？）は、自身、「与え給え」等とは望んでいなかったのに、我に七難八苦を与えたのか！

もっとも、不謹慎なことを口にするようですが、五〇万円以上の払戻金だった場合、税務署に申告する義務があるということを耳にしたことがありますから、的中していたら、ここでは記述出来ない!?　……いや、例えば、極端な話、四九万円投資していたとしたら、一万円しか儲からないことになりますけど、なのに、納税義務が生じるんでしょうか？　と疑問に思い、正確なところを調べたところ、競馬の予想で儲けた場合、一時所得金の扱いとなり、また、「一年間で五〇万円以上」の雑所得があった場合に課税対象となり、申告する義務が生じるようです。

③二〇二二年一一月一一日　第五回京都四日目　第三七回エリザベス女王杯（GⅠ）

この年の春から、予想をする上での新たなファクターとして取り入れたのが、その馬の「生産牧場」。

と言うのも、大概、歴史に名を残すような馬というのは、大手の牧場と言う以上に、〝企業〟と形容するに相応しいような所が輩出しているので、GⅡやGⅢの重賞レースならまだしも、GⅠともなると、「零細牧場」等と形容されるような所では、太刀打ちが、かなり難しいのではないかと……。

勿論、これは、そこはかとなく「感じの悪い」ものの見方であり、イメージ映像として表現するなら、メモとペンを手にして牧場を訪れ、「あなたの所から、これまでGⅠ馬が出ていますか？　出ていない。ああ、そうなの」と口にしながら、メモに×のマークを書き込むようなもので、また、自身、こういった零細牧場等にも頑張ってもらいたい気持ち自体はあるものの、自分が馬券を買ったところで、牧場に利益をもたらす訳でもなく、あくまでも、自ら勝ち馬を数多く出してもらうことが、その牧場が潤うための道となるのだから、ここはシビアに予想させて頂こうと、また、自身の予想に万全を期す意味でも、生産牧場にも注目すべきだと思い至った訳ですが、例えば、同年の春のGIシリーズでは、このファクターがアダとなり、皐月賞では、それまでGI馬を出したことのなかった出口牧場の生産による、ゴールドシップという馬に勝たれてしまい、予想が外れたものの、この時は、自分の判断ミスとも言える、この馬が四番人気だったこと。

自身の経験則から、確率的に、どんなレースでも勝つ可能性が高いと目しておくべき四番人気以内なら、諸々のデータは不問となる。例えば、そのレースと同距離のレースで、それまで特に良績がなかったとしても、四番人気以内に支持されていれば、その馬が勝つ可能性に疑問を挟むべきではないし、同様に、重賞レースで、たとえ三〇戦以上騎乗して、まだ勝利がない騎手だったとしても、騎乗馬が四番人気以内なら、勝つ可能性を考慮しておくべきということから、前述した皐月賞の場合は、「生産牧場理論」自体に問題があった訳ではなく、これ以外に敗因があるはずのレースだったのに対し、このエリザベス女王杯では、それまでGI馬を出していなかった大栄牧場のレインボーダリアという馬が、七番人気で勝利……（三連単の配当は、五万八一〇〇円）。

確かに、この馬に騎乗していた柴田善臣騎手や、管理している二ノ宮敬宇調教師に注目すれば、このタッグで、例えば二年前の宝塚記念では、ナカヤマフェスタという馬を八番人気で勝たせていたのだが……。

また、この年のジャパンカップでは、オルフェーヴルに勝ったジェンティルドンナと、三歳牝馬の三冠レースで接戦を演じていたヴィルシーナ（ちなみに、前述したように、佐々木主浩さんがオーナーの馬です）を、一頭軸として考えることは容易だっただけに、このレインボーダリアを、その逆転候補に据えられず、勿体ないレースとなってしまった。

勿論、零細牧場だからと言って、未来永劫、GI馬を出せないなんてこともないとは言え、なかなか、その可能性の低さを実現へと結び付けることが、自身、出来なかったものの……ものの？　ウフフ……人間、経験と失敗は「財産」ですよ。

このことについては後程。食いしん坊、万歳！　そして、失敗、万歳！

④二〇一五年六月二八日　第三回阪神八日目　第五六回宝塚記念（GI）

このレースでは、勝ったラブリーデイという馬に騎乗した川田騎手にやられた。

何が失敗だったかと言えば、川田騎手がGI戦において勝利する、その〝サイクル〟に気を取られてしまったこと。

と言うのも、川田騎手は、一戦前の安田記念をモーリスという馬で勝っており、それまでGⅠ戦では、次の勝利までの間隔が最も短かったのは、二〇一四年四月の桜花賞から、同年一一月のエリザベス女王杯までの、中一一戦であったことから、二戦連続でGⅠ戦を勝つのは難しいだろうと。

ただし、この騎手にとって六番人気というのは、GⅠ戦において、十分勝てる範囲にはあるものだったが、馬を管理する池江泰寿調教師に注目した場合、前述したオルフェーヴルを育て上げたことを始め、既に、JRAを代表する調教師の一人としての地位を築いているものの、それまでのGⅠ戦で、五番人気以下で勝ったのは、七番人気でのものが一回のみということとも併せ、勝つことになる馬の、その可能性を排除してしまった訳だが、二、三着に入った馬は、その候補に入れていただけに、三連単の配当が五二万八五一〇円にもなったことを思えば、優先すべきファクターではないものを決め手にして予想してしまったという、悔いの残るものとなった。

ちなみに、ラブリーデイのオーナーである金子真人氏は、〝あの〟ディープインパクトのオーナーであったばかりか、「砂（ダート戦：芝ではなく砂の馬場で行われるレース）のディープ」とも形容されたカネヒキリのオーナー、その上、五冠牝馬のアパパネのオーナーでもあったという、カリスマ的に「持ってる」人であるだけに、この方の強運に乗ってみるという手もあったかという思いも……。

〔5〕邪道なアプローチが成功しかかるも、サプリに気を取られて失敗に終わった例

①二〇一一年七月二四日　第二回函館四日目　第四七回農林水産省賞典 函館記念（GⅢ）

前述した、二〇一五年のヴィクトリアマイルがそうだったように、個人的には、数多くのダミーが織り交ぜられる中、時折、本当にその効力を発揮するものがあると見ている、いわゆる「サイン馬」。

このレースでは、出馬表の中で、同じ二枠のキングトップガンとマヤノライジンの父が、同じ種牡馬だということに何か感じるものがあり、また、後者が一二番人気と、勿論、全く勝利が望めないという訳ではないものの、重賞レースにおいて、確率的に、そうあることではないし、また、サインは、勝てないまでも、三着までには入ることを示唆しているとも言えるが、当レースにおける、同馬と同じ七歳以上のデータに注目した場合、過去一〇年、四〇頭が四着以下で、数少ないとは言え、一頭が二着、二頭が勝っているものの、その内の一頭は、七歳時に三連覇を果たすという、このレースを大得意としていた、エリモハリアーという馬で、また、この馬にしても、十歳時に参戦した時

には一三着と惨敗。

ただ、サイン馬の内の一頭であるマヤノライジンは、過去一〇年、このレースで二着に入ったその一頭ではあったが、二年前のものであり、前年には八着に終わり、しかも、一つ年を重ねた本年は十歳と、このレースを得意としていた、エリモハリアーが惨敗した時と同じ年齢であるということから、自分は、八歳といえども、前者のキングトップガンに注目。

馬券の前日発売の時点では七番人気だったが、当日は四番人気にまで上がっており、より高額な配当を期待するのであれば、人気が上がってほしくはなかったものの、現実的には、これで、より可能性は高くなった。

で、相手をどうするのかを考えた時、例年、このレースが荒れる傾向を示していることから、当然、人気薄にも注意を払わなければならなく、当初は、GI以外の、通常のレースでの二ケタ人気が三着以内に入る可能性は、一一番人気までといったところも、そこはハンデ戦故、もう一つ加えた一二番人気までを相手とし、逆転のV候補として八番人気までを考えた、計二万五〇〇〇円の投資での勝負を予定していたものの、一二番人気でも、十歳では可能性はないと見た、前述したマヤノライジンに二着を確保され、つまり、通常は、サイン馬二頭の内の一頭は、もう一方を活かすための役割に止まるケースが多いものの、このレースでは二頭共にワン、ツーを決められ、結果、三連単の配当は四〇万一一八〇円にもなり、競走馬は能力やデータ等で判断してはダメだと、結果を見れば、所詮、競馬の予想なんて、「人気の組合せ」くらいに考えていた方がいいことを、改めて思い知らされることとなってしまった。

6

『ウルトラの星　光る時』、我が必勝馬券研究も実る時

競馬の予想を難しいものにしないために編み出したモンジューだったのに、万全を期したいという思いから、いつしか、多種多様な「サプリを摂取した」ため、しかも、時に、これらが好配当、高額配当をもたらすヒントとなることも少なくないことから、かえって混沌としてしまい、それ故、単に、結果的に当たったり外れたりを繰り返しているだけという感が否めず、そのためなのかどうかは定かではなくも、それまで、高額配当をゲットした時点から数えてという、都合の良いカウントの仕方で、一四ヶ月プラスの収支としていた期間はあったものの、年の初めからという、〝正真正銘の〟年間のプラス収支としたことはなく、最長記録で九ヶ月間が二回と、前年の二〇一四年も、その内の一回に終わってしまった。

果たして、自分に欠けていたもの、真に身に付けるべきものは、一体、何だったのでしょうか……。

しかしながら、遂に！　悟りを開く、競馬の神様からの啓示を授かる、その時がやってくるのです！

〝極めて〟手前味噌ではありますが、いや～、人間、自分なりに、心掛けを良くしておくものです。だって、ねえ？　時に、自身の判断ミスにより失敗し、怒りの感情を抑えておくのが難しいこともあったとは言え、これまで予想が外れたからと言って、騎手に罵声を浴びせたり、自身の期待にそぐわない結果に、「八百長……」等と、小声でぼそっと捨て台詞を残し、ウインズを後にすることだって、あるいは、それが競馬の世界における日常茶飯事だし、また、反対のケースで恩恵を受けることだってあるのだからと、ハナ差で好配当を取り逃がした時にも、物分かり良く受け止め、心を乱したこと等も、一度としてなかった訳ですから（三番目については、〃一度として〃だったかは定かではありませんが）。

ただただ、試行錯誤しながらもアプローチの改良に努め、必勝馬券とするべく、これを究めようとする自分を、競馬の神様は、ちゃんと見て下さっていました。

運命の分岐点となったのが、二〇一五年三月の阪急杯（GⅢ）で、この年、二月を終えた時点で、自身、全く良いところがなく、特に一月のアメリカジョッキークラブカップでは、レース前、専門雑誌が一番人気となる馬についての、血統面での不安を指摘していたものの、同時に、「杞憂に終わるかも知れないが……」としていたことから、この言葉のニュアンスに、必ずしも、否定的な見方をするべきではないと考え、この馬一頭を軸とした買い方をしたところ、通常のレースにおけるセオリーと言うか、買い目に困った場合の「5―9等の買い方をしておけば……」の、四番→七番→二番人気の決し方で、三連単配当、一六万九二二〇円をみすみす取り逃がしてしまった結果を目の当たりにし、この教訓を次週の根岸ステークスで生かそうとしたものの、そこでは一五番人気の馬に三着に入られる等（もっとも、これは後々に気付くことになる、二ケタ人気の、基本的な役割の一つである、このレースが、一、二番人気のワンツーだったように、一、二着を一番～三番の上位人気が占める際、三着に入るというパターンだったのですが……。ちなみに、二ケタ人気の他の主な役割としては、『そう簡単には当てさせませんよ』といった、〝目に見えない力〟（？）による、一番人気の馬が勝つも、二、三着に割り込んでくるというもの。例えば、一着から三着までが全て六、七番人気以下で、且つ、二ケタ人気が一頭、ないし二頭含まれている等、それが重賞レースにおいてなら尚更のこと、ハンデ戦だとか稀なケースでしかなく、ましてや三頭共二ケタ人気なんて、宝くじで一等に当選するようなもの）、混迷を深め、年頭からの二ヶ月間で一〇万円のマイナス収支となり、かなり悪い流れとなっていて、月が替わってのこの阪急杯でも、こちらの頭を悩まされるものがあり、と言うのも、馬券の前日発売の時点では、三着候補と目していた馬が一〇番人気なのに対し、馬券の対象とはならないと思えた馬が八番人気となっていて……果たして、これは主観により判断することの問題を解消するべく編み出した、モンジューに忠実な予想をするべきなのか……。

勿論、それぞれを買い目に入れる手はあるものの、例年の、このレースの傾向から、こちらとしては、既に、的中してもマイナスとなる収支も止むなし、の買い目と投資金額になっているのに、その上、更に、投資金額を増やしていいものなのかを考えれば、やはり、どちらかは切り捨てるべきではないのか。

思い起こされるのは、二〇一〇年一〇月の毎日王冠。基本に反し、一〇番人気の馬を馬券の対象とし、九番人気の馬を切り捨て、約三二万円弱の三連単配当を取り逃がした苦い結果。また、同様のことは、二〇一一年の日本ダービーでも……。

が！　サプリのサポートにより、一四番人気、あるいは一二番人気の馬を買い目に入れた結果、それぞれが二、三着に入り、共に一〇万円を超える三連単配当だって手にしたことがあったじゃないか。

高額配当を取り逃がした等の苦い思いから、失敗した時の記憶を強く留めてしまいがちで、これが混迷を深める一因ともなっていたのだが、このこと以上に、そもそも自分は、失敗を受け入れる心の準備が出来ていなかった。楽観的に毎週当てたい、且つ、出来れば好配当、高額配当をゲットしたいという思いばかりが心を占め、失敗した場合のことを考えていなかった。

言い換えれば、その失敗の形は、自身、納得のいくものであったのか、どうか。つまり、そこには、覚悟というものがあったのか否か……。

確かに、このレース、モンジューに沿った考え方をすれば、一〇番人気の馬よりも八番人気の馬を上位に見て、馬券の対象とするべきなのは基本……。が、これが主観で判断することの誤りだったとしても、この八番人気の馬を上位に見ることは出来ない。果たして、そこに覚悟はあるのか……あります！

競馬の神様からの啓示、授かりました！　気力充実！　出せる！　今なら、スペシウム光線を放つことが出来る！

そして、浮かび上がる自身の脳内映像――『帰ってきたウルトラマン』第三八話、『ウルトラの星　光る時』で、一度はウルトラマンの持つ技を研究し尽くした、ナックル星人の策略に引っ掛かって仮死状態にされ、あわや処刑が実行されようかという時に現れた、初代ウルトラマンとセブンによって救い出されたジャック（新マン）だったが、ナックル星人と、これが、ウルトラマンを倒す目的で送り込んだブラックキングとの再戦で、返り討ちに遭いそうになったものの、その時、ウルトラマンの脳裏に浮かんだ、初代ウルトラマンとセブンを前にし、彼らが自身の命を救ってくれたことに対して感謝の意を表すために敬礼した、その姿に被さる故名古屋章氏によるナレーション――「ウルトラマンのカラータイマーが赤になった……。だが、ウルトラマンは負けない。初代ウルトラマンとセブンの友情が、心の支えになっているからだ」の言葉に、自身の心がリンクする――。

自分の財布の中身が窮地に陥った……。だが、私は負けない。自身の予想に信念を持たせるべきことを思い出したからだ。

高らかに奏でられる、ウルトラマンが怪獣と戦う際の、あるいは、怪獣に対して反撃に出る際のＢＧＭ――。

♫　パンパーン　パンパパパーン　パラララッパッパーン　パンパパーン！

「ダッ！　ヘアッ！　ドゥルルルアアッッッ！」

自分を惑わせ、外れへとミスリードしていた諸々の迷いと不安の象徴である、ブラックキングとナックル星人。前者は高速スライスチョップとでも言うべき技によって首を斬られ、後者は高々と宙に放り上げられて絶命する。

「イヨォワッ！　アワッ！　ヘェアァッッッーーー！」

その直前、抱え上げたブラックキングを放り上げ、その姿を追って飛び立つウルトラマンの勇姿に勝利を確信した、ウルトラマンを援護射撃していた一人である、上野隊員が歓喜の雄叫びを上げる――。

「やったーー、ざまあ見ろーーー！」

♪　ジャッチャラーラーラー　ジャッチャラーラーラー　ジャッチャラーラー

ジャージャージャーン！


そして祝！

第五九回阪急杯（GⅢ）　三連単配当　一二三万六三五〇円的中！

続く翌週の歓喜！

第五二回報知杯弥生賞（GⅡ）　三連単配当　一八万七九六〇円的中！

更には――。

東海道中膝栗ゲッツ！　中京競馬場で行われた、
第四五回高松宮記念（GⅠ）　三連単配当　八万一五六〇円的中！

その結果、この三月のプラス収支額が四〇万円（買い目一点につき一〇〇円計算で。もっとも、一〇〇円しか賭けていませんけど）となり、月間のプラス収支額の「キャリアハイ」を更新！

と、こんなことを書き連ねていると、中には、「一時あった良いことを大袈裟に表現しているだけなんだろう。世の中、そんな旨い話がある訳がない。ハッピーエンドなんて、映画の話だけにしてくれ」と、このように、人生を斜に構えて捉えておられる方がいるかも知れません。でも、違うんですよ、それが……。

邪悪な存在に自身の心を支配等させぬ、意志と信念を持つべき、その原点に立ち返っているからだ。

『帰ってきたウルトラマン』第一七話、『怪鳥テロチルス　東京大空爆』から第一九話、『宇宙から来た透明大怪獣』において使用された、ウルトラマンが怪獣と戦う際の、あるいは、怪獣に対し、反撃に出る際のBGMの、前奏を伴ったバージョン――。

♫　ダン！　タラッタッタラタッタラ ダン！　タラッタッタラタッタラ
　パンパーン パンパパーン パララッパッパーン パンパパーン！

第七五回桜花賞（GⅠ）　三連単配当　一二三万三三九〇円的中！

第一五一回天皇賞・春（GⅠ）　三連単配当　一二三万六三〇〇円的中！

第六五回安田記念（GⅠ）　三連単配当　一二万七一九〇円的中！

『帰ってきたウルトラマン』第三二話、『落日の決闘』において、ウルトラマンが怪獣と戦う時のBGMの、アレンジバージョンが使用された際の、木琴を伴った演奏のパート――。

♪　タンタラランタラランタッタッタッ　タンタラランタラランタッタッタッ
タンタラランラランタッタッタッタッターンタッタタタッ
タンタラランタラランタッタッタッタンタラランタラランタッタッタッ
タンタラランラララランタッタッタッタンタララララララッタッタッタッ

……あら？　……春の天皇賞終了時点で六五万円のプラス収支となり、本年は、これを一〇〇万円にまで上乗せすることも、全くの夢物語ではなくなっていたはずで、かつて、王さんが現役選手時代、初の三冠王に輝いた際、おそらく、ご自身でも、完成の域に到達したとの手応えがあったのだろうと思われますが、「もう、僕には、大きなスランプはやってこないだろう」との思いを抱いたのと同様、自分も、「完全に予想のコツを掴んだ」ため、この先、自身が大負けする姿等は想像し難く、それ故、ウインズ通いが楽しくて仕方なくなるだろうと、

「きっと　おー　おー　おー　お小遣いが僕を～

おう　おう　おー　おー　おっおー　待ってる～～」

と、内心、ホクホク気分に歯止めが利かない状態になっていたというのに、あら⁉

あの「栄光の日々」は何処へ？　いや、それどころか、安田記念の後、七連敗の泥沼状態に……。何故に、このような展開に⁉

一体、どこで〝バッティングフォーム〟を狂わせてしまったのか？　これが「諸行無常」というものなのか⁉　祇園精舎の鐘の声が、生きとし生けるものにとっても、抗い難いその響きを纏《まと》い、そして、沙羅双樹の花の色に、盛者必衰の道理を示されることになってしまうのか⁉　いや、自分は、少なくとも、自ら、そのような鐘を鳴らすつもりは、全く、ない！

なので、この悪い流れを変えるには、これまで通りのことをしていてもジリ貧になるだけだと、何か思い切った手を打つべきだと、荒れることが〝恒例〟となっている中京記念で、一六万八〇〇〇円を投入！

二〇一三年の有馬記念に、一三万二〇〇〇円を投資したことを前述していた故、今更ながらではありますが、真っ当に日々を送られている、特に、所帯を持っておられる方々にしてみれば、「とんでもない」ことと思われるでしょうし、また、昨今、非正規雇用で働く人達等、経済的に困窮されている方も少なくないことを、報道等で、度々、見聞きすることからも、こういった人達から、SNS上で、自身、炎上となる言葉を投げ付けられたとしても「止むなし」ではありますが、その良し悪しは別として、「これが私」、「ザッツ・自分」なのです。

必勝馬券研究とその実践の中で得た、それが正解だと思われることについて、一般的な感覚からは「非常識」とのそしりは免れないことだとしても、自分自身、根拠がある故、「我が道を行かせて頂こう」ということなのです。

とは言え、前年も、このレースで約一一万円を投資し、この時は、こちらの下心を競馬の神様に見透かされたのか、保険を掛けておいた馬の単勝の方のみが的中し、四万二〇〇〇～四万三〇〇〇円程度にしかプラス収支に出来なかったものの、いずれにしても、超ハイリターンが十二分に見込めるレースなら、一〇万円超えの投資も恐るるに足らず！

……しかし、本年は外した……。まさか一六万八〇〇〇円が「全滅」するとは！　言葉がない……。悪い流れを変えようと、思い切った策に出たことが、完全に裏目に出てしまった。

やばいです！　怪獣が街中に出現し、悲鳴を上げながら人々が逃げ惑う際の、あるいは、ウルトラマンが怪獣との戦いで苦戦を強いられ、追い込まれていく際に使用される、あの、

不穏なＢＧＭが鳴り響いてしまうのか⁉

♫　キュルルルルルッ ダッタカターター ダッタカタータッ
キュルルルルルッ ダッタカターター ダッタカタータッ
ジャーン ズン！　ババババババッ ジャーン ズン！　ババババババッ
キュルキュルキュルキュルッ キュルキュルキュルキュルッ
ファンブゥアーン！　ファンブゥアーン！　ファンブゥアーン！

は～い、不穏なＢＧＭ、ストップ、ストップ。

第五〇回関屋記念（ＧⅢ）　三連単配当　一〇万九五七〇円的中！

第五一回札幌記念（ＧⅡ）　三連単配当　一三万三五四〇円的中！

Ｖ字回復！　貧乏神に祇園精舎の鐘等、鳴らさせはしないし、また、沙羅双樹の花の色に説教はさせません。これで、本年のプラス収支額は、約三八万円まで回復し、再び大きくリードすることに。そして、ちょうどこの頃、スポーツバラエティ番組で、高校野球の西東京大会の決勝において、七回の裏まで五対〇とリードし、夏の甲子園大会出場を、ほぼ手中に収めていたはずの東海大菅生が、清宮選手の所属する早実に大逆転負けを喫した、そのゲームの録画を目にした後、解説を務めていた故野村克也さんが、「勝負事は、勝ったと思った時が一番危ない」と口にされていましたけど、これは自身にとっても、〝ドンピシャ〟だっただけに、「教訓」も得た。

九月以降の残り四ヶ月を、胸に刻んだこの教訓と共に乗り切っていける！　まず、本年のプラス収支達成は間違いのないところでしょう。

……と思いきや、八月最終週となる翌週のキーンランドカップでは、各馬の人気は、予想をする上での、そのファクターの最優先とすべきところを、実際にこのレースを勝った馬の鞍上の、重賞におけるVサイクル等という、余計なことに気を取られる邪道な考え方で失敗した上、しかも、これと同様のことは、たった二ヶ月前の宝塚記念で経験済みだったというのに……いや、正確には、このような考え方をして良いものなのかの思いはあったものの、宝塚記念の場合、前述した川田騎手は、騎手として、「トレンドの一人」となっていたことに対し、キーンランドカップで勝利した騎手は、近年、重賞において、余り有力馬の騎乗に恵まれていなく、且つ、一週前の札幌記念で勝ったばかりだし、ちなみに、このレースでは、自身、的中の恩恵にあずかったものの、予想に情を挟むべきではないというシビアな姿勢で臨んだことが、かえってアダとなり、結局、自身、「恩を仇で返す」という、人として最底のことをしてしまい、また、次週の新潟記念は新潟記念で、投資金額一六万八〇〇〇円が全滅した中京記念のことが教訓とならず、ここでも、八万八〇〇〇円が全滅する羽目に。

いや、十分にハイリターンが見込めるのだから、投資金額自体はこれでいい。いや、常識的にはよくありませんが、何が問題だったかと言えば、ここでも、おかしな考え方をしてしまい、と言うのも、スポーツ紙で競馬予想のコラムを受け持っている、ある有名人がいて、また、この人自身、穴党のスタンスを取っていて、それ故、当たれば、大きな配当となることも少なくないものの、「当たる確率を考えれば……」という、この人が本命にしていた馬は買い目に入れる必要はないだろうと目していたところ、その馬が三着に入り、三連単の配当は三八万四五五〇円……。

何をやっているんだ、自分！　何、おかしな考え方をして失敗しているんだ、自分⁉

こんなことを続けていると……と危惧していたところ、やはり悪い流れが生じてしまい、夏のローカルシリーズが終わり、ＧⅠシリーズへ向け、本格的な秋のシーズンに突入したその矢先、京成杯オータムハンデキャップでは、全くのノーマークだった一三番人気の馬に勝たれ、三連単配当は二〇〇万円超えとなる、手に出来なければ、単なるショッキングな出来事にしか過ぎないことが起きたり、後から考えれば、焦りによるものだったのか、その時は、ある程度、懐に余裕のある時こそ、変に守りに入り、「買い目を絞ったがために、高額配当を取り逃がした」なんてことにでもなると、余計に悪い流れを引き寄せてしまうと、投資を惜しまず、攻めの姿勢で臨み続けたことが裏目に出る等、九月は良いところなし。いや、それでも、まだ、約一〇万円はプラス収支を保っている……なのに、何なんだ、この〝追い込まれた〟感は!?

いや、一〇月に入ればGⅠシリーズが開幕し、「これさえ身に付けておけば、いかなる宇宙怪獣とも、互角に戦えるだろう」のモンジューと、4―5―2の法則を駆使し、六ケタ以上の三連単配当をゲットする可能性は十分にあるのだから、そうなれば大幅にプラスの額を加算し、ひいては、「夢の年間プラス収支達成！」も現実のものとなるはず……なのに、GⅠシリーズ初戦のスプリンターズステークス、三連単配当一〇万六一七〇円ゲットとはいかず、外した……。二着に入り、穴を開けた馬の人気は一一番人気で、出走各馬の人気は、どの観点よりも最優先とすべきものという予想の基本において、このくらいの人気は、常に注意が必要であり、また、当レースが行われた中山競馬場は、この馬が得意としている舞台……。いや、このことは、自分だって十分に承知していた。が、舞台云々と言うより、それまで、GⅠレースでは力足らずという結果だっただけに……。いや、終わってから何を言おうが始まらない。

とにかく、予想における基本をしっかりと踏まえ、無意識に「変な考え方」をしないことが肝要。で、GⅠシリーズ二戦目となる秋華賞では、三連単配当八万五六一〇円を的中させ、約五万円のプラス収支を加算。

やはり、変に難しく考える必要はない。フツ〜にやれば、自身の思いに沿った結果は付いてきますよ。……なのに！　三戦目の菊花賞、外した……。勝ったキタサンブラックは五番人気と、十分に勝つ確率の高い範囲内だったものの、血統評価が……。基本的に信頼を置いていいはずの、専門雑誌の血統評価が余りにも低かったというだけではなく、勝った馬の母の父は、短距離戦でその名を轟かせた名馬故、そのDNAを受け継ぐこの馬が、三〇〇〇メートルのレースで勝つとは想像出来なかった。

しかも……キタサンブラック？　キタサン？　そう、オーナーは北島三郎さんで、この馬の勝利を祝し、競馬場内で『まつり』を熱唱していたことは、一般のニュースでも取り上げていたので、見聞きした人も多いはず。自分も予想を当てて、一緒に祭り気分を味わいたかった。無念……。

これで一〇月を終えた時点での、本年のプラス収支額は約五万七〇〇〇円と、遂に〝危険水域〟に突入……。が！「徳俵」で踏ん張る！

第一五二回天皇賞・秋（ＧⅠ）　三連単配当　一〇万九三二〇円的中！

これで、再び、本年のプラス収支額を、約一一万一〇〇〇円と、六ケタ台に乗せる。我ながら、底力を感じます。自身の能力の底上げを実感します。実力が増しているんじゃないでしょうか。

もっとも、こちらとしては、もっと好配当になることを期待し、投資金額も五万五〇〇〇円とかさんでしまったものの、まあ、一番人気の馬が勝って、この配当なら良しとしますか。

これで翌週のＧⅡのハンデ戦を挟んだ後は、年末までＧⅠ戦が続くことになる。それ故、ここは大事を取り、残りのＧⅠ戦のみに絞り、自身の全神経を、そこに集中させるべきなのか……。勿論、〝皆勤賞〟で年間のプラス収支を達成することには価値があるものの、この、ＧⅡ一戦をパスしたところで、少なくとも、〝規定打席〟には十分達しているのだし、誰も文句は言わないでしょう……と、こちらとしても、誰に言うつもりでもありませんが……。

どうする？　ＧⅠ戦のみに、自身の持てる力を注ぎ込むべきなのか？

……手を出してしまいました……しまいました？　GⅡのハンデ戦のアルゼンチン共和国杯、的中するも四万一〇〇〇円の大ガミ……。いや、悔いている場合じゃない。後悔の念等は、悪い運気を呼び寄せてしまう。済んだことは仕方がない。残りのGⅠ戦に集中するのみ！

で、秋の天皇賞後の、一一月のGⅠ戦の結果と言えば、エリザベス女王杯、外れ。マイルチャンピオンシップは的中するもガミ。ジャパンカップは的中も、約三万五〇〇〇円しか加算出来ず、結局、クライマックスとなる、一二月の一ヶ月を残した時点で、本年のプラス収支額は、約六万円……。微妙です。非常に微妙です。そして不安です……。いや、ネガティブな思考に陥ることは慎まねば。これでは、予想をする以前に負けたも同然。

そう、自分には4―5―2の法則がある。これまでに出た、三連単の六ケタ配当は二本ということは、残り四戦で、六ケタ配当が二本は見込める。つまり、五〇％の確率で期待出来るという訳なのだから、一レースで大幅なプラス収支とすることも可能で、上手くいけば、最後の有馬記念を待たずして、本年の馬券収支においてプラスとなることを確定することだってあり得る！

そして一二月に入っての初戦、チャンピオンズカップで出た！　三連単配当、三一万八四三〇円！

結果が示すように、五万五〇〇〇円と、投資金額がかさもうとも、不安に感じる必要は全くなかった訳だ。が……外した……。

だって……勝ったサンビスタという牝馬は、一二番人気という超人気薄で、しかも、この馬を管理する角居調教師は、ＪＲＡを代表する名トレーナーの一人ではあるものの（二〇二一年三月に引退）、それまでのＧⅠ戦での勝利は、殆ど四番人気以内で挙げたものであり、唯一の例外も八番人気。

勿論、前述した、投資金額一六万八〇〇〇円が全滅となった中京記念では、失敗の最大の原因であった、調教師のデータよりも、騎手のデータを優先すべきことを痛感させられていたとは言え、鞍上のミルコ・デムーロ騎手に注目しても、ＧⅠ戦を二ケタ人気で勝ったのは、二〇〇四年の皐月賞の一度だけで、しかも、この馬は後に五冠馬となる、ダイワメジャーという馬で、加えてチャンピオンズカップは、旧称のジャパンカップダート時代も含め、牝馬が勝つのは、創設一六年目にして初めてなのだから、この馬が勝つことは予想し難かった……。おそらく、もう一回やり直してみても外れるだろうし、二回くらいやり直せれば当てられるかも知れないものの、当然、こんなことが許されるはずもなく、また、これが、ＮＧ等許されない、緊張感を伴った、一回限りの勝負事の醍醐味ではあるものの……いや、こんな悠長なことを言っている場合じゃや、全く！　ない。

本年、あと三戦を残す時点でのプラス収支額は、約五〇〇〇〇円と、もう本当に、徳俵に足がかかってしまっている……が！　4―5―2の法則に照らし合わせれば、少なくとも、まだ一回は、六ケタ配当が出るはず。

どこで出るのか？

残りの三戦は、阪神ジュベナイルフィリーズと朝日杯フューチュリティステークスに有馬記念。で、朝日杯の方は、武豊騎手の騎乗する馬が、もし勝てば、武騎手の、ＪＲＡ全ＧＩ制覇という偉業に対する、周囲の期待感にも後押しされ、圧倒的な一番人気となりそうで、勿論、相手の二、三着に人気薄が来て、六ケタ配当になることもあり得るとは言え、可能性の順位付けをすれば、やはり、このレースが一番低いと見るのが妥当。

ならば、結果はともかく、次戦の阪神ジュベナイルフィリーズで出ることも想定しておく必要はある。と言うことは、通常、買い目に入れることの難しい人気薄の馬にも注意し、手広く買い目に入れる。つまりはハイリターンを期待し、チャンピオンズカップの二の舞になることは注意しなければならなくとも、投資金額がかさんでも止むなしという買い方がベターか……ベター？　……結果は、最悪、投資金額が全滅することは回避出来たものの、〝逆〟ベターとなり、ガミってしまい、馬券収支は危険水域の、更に奥深くへと沈んでいき、遂に……マイナスへと転じる羽目に……。

何ということでしょう……。せっかく、ここまで来て……あと二戦を残すだけなのに……。本年、これまで、自身の築いてきた数々の栄光が……クラシカルな表現をすれば、走馬灯のように駆け巡ります。春の天皇賞終了時点で六五万円あったプラスの収支額は、一体、何だったんだ⁉ あれは、単なる幻だったのか？

いや、一時は持ち直した八月下旬の時点で、プラスの収支額は三八万円だったのだから、その時点で、残りの消化対象のメインレース一八戦、それぞれ、均等に二万円ずつ投資するというやり方をしていれば、たとえ、これら全てのレースの予想を外したとしても、年間のプラス収支は達成出来ていたはず……。私は愚かだったのでしょうか？

否！ こんなやり方で年間のプラス収支を達成したところで、その価値は如何程のものなのか。喩えて言うなら、他球団の選手とホームラン王のタイトルを争っているチームメイトをサポートするため、ピッチャーの立場にある者らが、残りの試合数が少なくなった終盤、他球団のライバル選手にホームランを打たせないよう、徹底した敬遠策を取るようなものなのでは？

あるいは、勝利することが濃厚なため、少なくなった残り時間をパス回しで凌ごうとするサッカーチームのようなものでは？

こんなやり方で勝ったところで、ホームラン王のタイトルに輝いたところで、そこに感動はあるのでしょうか⁉　私は問いたい。即ち、これは生き方に根差すものだと、声を大にして言いたい！　……しかし、言ったところで、思わしい結果が伴わなければ、この言葉に、説得力と力強さは与えられない。ここへ来ての、マイナス三万四〇〇〇円が重く伸し掛かります……。

♫　ラーラーラーララー　ラーラーラーラー　ラーララー

ウルトラマンが怪獣と戦う際の、あるいは、怪獣に対して反撃に出る際のＢＧＭを、スローテンポの短調にアレンジしたバージョン等、即刻、ストップ！　ストップ！

自身、どことなくのムードに流されてはいけない。

そう！　まだ、打つ手はある！　阪神ジュベナイルフィリーズではガミってしまったものの、ヒントも得た。と言うのも、このレース、実際に二着に入った、気になって目を付けていた一〇番人気の穴馬を、一番人気の馬を前評判通りに見なした上での相手とし、何も三連単の買い方にこだわらずに馬単で勝負していたとしたら、仮に、その買い目に五〇〇〇円の投資でも、結果、二五万円弱の払戻金となっていたということを踏まえ、朝日杯での三連単配当は、秋のＧⅠシリーズ初戦からの結果の推移を考えれば、四ケタか一万円台の可能性が高く、と言うことは、武豊騎手の騎乗する一番人気の馬が、同騎手の歴史的な記録達成に花を添える形で勝ち、二、三着の相手も一ケタ人気ということになるだろうから、その買い目は五六点。

　これなら、一点につき一〇〇〇円の投資も可能であり、極稀な、ひどく堅い結果とならなければ、仮に、一万五〇〇〇～一万六〇〇〇円くらいの現実的な低額配当だったとしても、このレースで一〇万円くらいはプラス収支が出来、そうなれば、有馬記念を待たずして、年間のプラス収支は確定する。

　が、万が一、武騎手の騎乗する馬が敗れた場合、収支はトータルでマイナス九万円まで膨らみ、有馬で、レートが一〇〇円の三連単の買い方をしていたのでは、逆転のプラス収支とするのは難しく、そうなると、もう少しレートを上げた三連単の買い方か、あるいは、もっとレートを上げた馬単等の買い方をせざるを得なくなるが、後者の場合、必然的に、買い目を絞らなくてはならず、的中の確率は低くなるリスクも伴う。

　これらのことを踏まえても、この朝日杯のレースは、果たしてレートを一〇〇〇円に上げ、武豊騎手の騎乗する一番人気の馬を一着に固定しての買い目五六点、計五万六〇〇〇円の投資金額で勝負すべきなのか否か……。

「焦ってはいけない、郷秀樹」

「その声は――」


もたらされた「天啓」が、自身に脳内映像を浮かび上がらせる――。

『帰ってきたウルトラマン』第五一話最終回、『ウルトラ5つの誓い』で、郷隊員が、自身、親代わりとして面倒を見ている次郎少年と、彼が懇意にしているルミ子という女性を誘拐したバット星人が、郷隊員をスタジアムに呼び出し、囚われの身となっている二人の姿を見せ付けた上で、ウルトラマンを倒すために送り込んだゼットンを登場させて対決を迫り、郷隊員も、この挑発に応じてウルトラマンに変身しようとした時、超人としての能力を与えられている郷隊員の耳に届くその声――。強力な武器を持つゼットンに対し、うかつに勝負に出て不覚を取った、自身の二の舞になる恐れを説いた、初代ウルトラマンのその言葉を受け入れ、決着の時を計るべく、次郎少年とルミ子さんに、必ず助けに来ることを約束し、あの時、郷隊員はスタジアムを後にした。

そう言えば、三年前の朝日杯では、管理する調教師が、「この馬で三冠を取れなかったら、他の、どの馬も三冠馬にはなれない」と豪語し、騎手も、馬の俊敏なレース振りを「瞬間移動」等と称賛し、レース前、圧倒的な一番人気となっていた馬だって、結果、二着に敗れ、また、自分は、こういうこともあり得ると予想していたので、的中の恩恵を受けることが出来たものの、陣営や専門紙等の評価を疑わず、この馬の一着以外は考えていなかったらしい、ウインズ内で目にしたどこかのお兄さんは、他の馬が勝ったゴールの瞬間、ガックリと、うなだれていたでしょ。

いくら圧倒的な一番人気に支持されている馬が出走してくるとは言え、そこはGI戦。他の陣営だって、ただ相手に勝たせるために手をこまねいているのではないはず。

そして、その三年前の朝日杯で、圧倒的な一番人気を負かした馬に騎乗していたのは、前述したチャンピオンズカップで、一二番人気の牝馬を勝利に導いたミルコ・デムーロ騎手であり、本年の朝日杯では、チャンピオンズカップに続き、角居調教師とタッグを組むことになっただけではなく、両者のデータに照らし合わせた場合でも、十二分に勝てる可能性のある二番人気馬を出走させてくる。

やはり、ここも、一番人気馬を盲信することは危険と判断。使う資金の内訳は、一番人気が勝つ場合は、一点につき四〇〇円。二、三着に敗れる場合は、それぞれ二〇〇円に一〇〇円として購入したところ、ここでも、デムーロ騎手の乗る馬が一番人気馬を撃破！ そして、自分も、このレースで、約プラス三万二〇〇〇円を計上。

と言うことは……果たした！ 前回の阪神ジュベナイルフィリーズの終了時点で負って

いた、約マイナス三万四〇〇〇円だった収支の額が、大よそマイナス二〇〇〇円、正確には、二〇四〇円にまで減って、ほぼリセットし、全ては有馬記念の結果次第ということに。

ドラマチック……我ながらドラマチック……。一九九四年、セ・リーグの優勝の行方は、両チームにとってレギュラーシーズン最後の試合であり、且つ、共に優勝の懸かった、巨人と中日との直接対決で決まるという、当時、ジャイアンツの指揮を執っていた長嶋監督が「国民的行事」と語り、その言葉通りに、この試合を中継した番組の視聴率が、地上波で四八・八％を記録した、あの、「伝説の一〇・八決戦」を想起させるものがあります。

と、こんなことを書き連ねていると、「フィクションだろう」と思われる方もおられるかも知れませんが、これは、映画『スーパーマン』の冒頭、クリプトン星人、ジョー＝エル役の故マーロン・ブランドの口にするセリフ、“This is no fantasy（夢ではない）”ですよ。

また、現実の世界における、このような劇的な展開は、それこそ、SNS上で、有名人等の他者に対し、誹謗・中傷の言葉を浴びせ掛けることを無上の喜びとしている（?）、一部の人達からは嘘つき呼ばわりされそうではありますが、巨人だって、一九三四年の球団創設以来、長い歴史の中には一〇・八決戦のようなことがあるのと同様、自分も、また、一九九一年から、長らく競馬ファンを続けていれば、ドラマチックなシーンに巡り合うこともありますよ。

加えて、厳しい言い方をすれば、他者を誹謗・中傷する等という、少なくとも、個人的には、そのように感じる、下らない時間の費やし方等、自ら絶対的に拒み、自分なりに心掛けを良くしていれば、自分自身がそうであるように、と言っては、手前味噌が過ぎますが、時に、神様が味方してくれることだって、あるのでは。

まあ、このことはさておき、この、我ながらのドラマチックなクライマックスシーンは、ストーリーありきのフィクションではなく、実際の結果を基にストーリーを作っていっているので、この後、もし、有馬記念で思わしい結果が得られなかったとしても、それはそれで、『がんばれ！ベアーズ』や『大脱走』のような、「希望の残る」ラストシーンにしようと考えているものの、出来れば、これは避けたいところ。

で、この有馬記念ですが、二〇一五年秋のGⅠシリーズの、初戦からの結果の推移を見てみると、

第一戦　スプリンターズステークス
　一番↓一一番↓九番人気の着順で、三連単配当　一〇万六一七〇円
第二戦　秋華賞

　　一番↓五番↓八番人気の着順で、三連単配当　八万五六一〇円
第三戦　菊花賞
　　五番↓二番↓一番人気の着順で、三連単配当　三万八八〇円
第四戦　天皇賞・秋
　　一番↓一〇番↓六番人気の着順で、三連単配当　一〇万九三一〇円
第五戦　エリザベス女王杯
　　六番↓一番↓四番人気の着順で、三連単配当　二万三五九〇円
第六戦　マイルチャンピオンシップ
　　四番↓二番↓一番人気の着順で、三連単配当　一万二〇〇〇円
第七戦　ジャパンカップ
　　四番↓七番↓一番人気の着順で、三連単配当　五万三九二〇円
第八戦　チャンピオンズカップ
　　一二番↓三番↓五番人気の着順で、三連単配当　三一万八四三〇円
第九戦　阪神ジュベナイルフィリーズ
　　一番↓一〇番↓三番人気の着順で、三連単配当　三万九四八〇円
第一〇戦　朝日杯フューチュリティステークス

二番↓一番↓一一番人気の着順で、三連単配当　三万八五六〇円

このことから、有馬記念の三連単配当は、仮にそうなった場合、シリーズ全一一戦中、過半数を占め、これでは、全体に対する割合が多過ぎるし、また、これまで一〇戦を終え、一番人気が三着以内に入ることが出来なかったのは、僅か一回のみということからも、有馬記念では、四着以下に敗れて馬券の対象とはならず、好配当になる可能性だって、十分、ある故、少なくとも、四万円未満にはならないだろうことは、大体、予測出来る訳ですよ。それだけに悔やまれるのが、どうしようか迷った末に、結局は参戦し、マイナス四万一〇〇〇円と、大きくガミってしまったアルゼンチン共和国杯の結果。

と言うのも、この有馬記念は、買い目一点につき一〇〇円の六万六〇〇〇円の投資なら、まず、外すことはないと思うものの、そうなると、三連単は六万八〇五〇円以上の配当となってくれないことには、年間のプラス収支は水泡に帰してしまう……。けれども、4―5―2の法則からは、「フツ～に考えれば」、ここは六ケタ配当、二〇万円台をつけたとしても、決しておかしくはないはずなのだが、思い起こされるのは、二年前、自身、〝偽予言者〟となって赤っ恥をかくことになってしまった、たったの五二四〇円にしかならない三連単の配当に終わった有馬記念の結果……。本年も、あの悪夢が繰り返されるのか⁉

　そこで、一つの案として考えたのは、この有馬記念を勝てば、本年のＪＲＡの年度代表馬に選出されることが確実で、そのような実績通りに、レース前、一、二番人気を争っているラブリーデイという馬に、と言うより、自分が失敗した、先の宝塚記念の結果を受け、そのような方法もあったのではないかと頭をかすめた、「持ってる」と称される、この馬のオーナーである金子真人氏の、〃カリスマ的な〃勝ち運に乗ってみてもいいんじゃないかと。

　と言うのも、前述したように、この方はディープインパクトのオーナーであったばかりではなく、ダート戦を主戦場としていたことから、「砂のディープ」と形容されたカネヒキリ、あるいは五冠牝馬のアパパネ等々、歴史的な名馬を何頭も所有していたという方であるだけに、ここでも金子氏が、オーナーとして主役の座を射止めるのではないかと。

　また、これだけではなく、管理する池江調教師は、ラブリーデイの前走が三着に終わったジャパンカップを振り返り、出走する秋のＧⅠレース三戦の内、各レースの距離やコース形態等を踏まえ、「負けるのなら、このレースだと思っていた」と語っており、と言うことは、この有馬記念では負けないってことでしょ。しかも、そのジャパンカップのレース振りは「負けて、尚、強し」というものだったし、それ故、馬券の買い方も、このラブリーデイ一頭を軸にし、相手の二、三着候補を一一頭。且つ、この馬が二、三着に敗れることも想定しての、一着となる、その逆転候補を五頭とする形での投資金額は二万一〇〇〇円で済むので、三連単の配当が二万三〇五〇円という、おそらく、四万円未満にはならないだろうと見た、こちらの予測に反し、ごく現実的なものに落ち着いたとしても、一〇円のプラス等という、本当に辛うじて、ではあっても、年間のプラス収支は達成出来る。

ただ、自身のその行方を、他力本願〝等〟で決めようとしていいものなのか……。

否！

これまでモンジューだの4―5―2の法則だのと、色々と試行錯誤してきて、最後の最後になって、自身の運命を他者に委ねようというのか⁉

信念を貫け、自分！　脳内映像を浮かび上がらせろ！　放て、必殺技を！――。

『帰ってきたウルトラマン』第五一話最終回、『ウルトラ5つの誓い』において、かつて初代ウルトラマンを倒したゼットンを、ジャック（新マン）により雪辱を果した、あの、逆転の大技を――。

「**ウルトラハリケーン！**」

自身の脳内映像の中、ウルトラマンに抱え上げられたゼットンが、ウルトラマンが自身の体を捻って放り上げられた結果、回転するプロペラのように宙へと飛ばされる。

相手の技を防御出来ない無防備な体勢となったゼットンへ向け、スペシウム光線を放つウルトラマン。轟音を立てながら、ゼットンの体が砕け散る。

そして、祝！

第六〇回有馬記念（GⅠ）　三連単配当　一二万五八七〇円　的中！

更に祝！

二〇一五年、年間プラス収支額　五万七八三〇円達成！（結果、辛勝でしたが……）

ちなみに、以前、自身、予想する上での新たなファクターとして加えたものの、かえって苦汁を嘗《な》める羽目となった、規模の小さな牧場では、GⅠレースを勝つのは、確率的に難しいという「生産牧場理論」だったものの、この有馬記念では、ここがGⅠ戦初勝利となる、北勝ファーム生産のゴールドアクターという馬を、V候補の一頭に据えることが出来、得た教訓を生かすことが出来ました。

7　そして生じる、新たな難題

♫
パンパーン　パンパパーン
「シュアァッ！」
タタタターン
パンパパーンパーン　パンパパーン
タラッタタターン

必勝馬券研究とその実践、『ウルトラ5つの誓い』――

一つ、週末は晩の飲食を存分に楽しむため、十分に寝溜めをし、体調を万全にしておくこと。

一つ、おいしく飲食出来るよう入浴して、喉もお腹も、からからにしておくこと。

一つ、翌日曜の競馬の予想で潤うことを見越し、飲食代には糸目を付けないこと。

一つ、様々な迷いや不安に惑わされ、外れへとミスリードされないよう、自身の予想に信念を持つこと。

一つ、たとえ予想が外れたとしても、騎手に罵声を浴びせたり愚痴る等して、自身を卑小化させないこと。

自身の予想の仕方を根本から見直し、モンジューと4―5―2の法則という、根幹を成す技を編み出したにもかかわらず、技を駆使するだけの心が伴わずに紆余曲折を余儀なくされたものの、二〇一五年は、曲りなりにも、自身の心の弱さを克服して遂に年間のプラス収支を達成し、太陽のように輝いていた年として、永遠に語り継がれていく（と言うより、語り継がせていく）ことだろう。

よくやった、自分！　そして、おめでとう、自分！

♪　ララーラーラーララ　ラー　ララララララー　ジャーン　ジャーン！

……お気楽……我ながら、超お気楽……。話の終着点がウルトラハリケーンに、「まさかの自分賛歌!?」って、一体、何なんだ!?　おめでとうではなく、おめでたいのか？　所帯を持ち、特に子育て世代と言われているような女性等からは、呆れ返るという意味で、「いいわねえ」なんて声も聞こえてきそうではありますが、まあ、まあ、そこは……ご主人が、数千万円もする車をローンで購入したことにし、奥さんをどっきり番組で引っ掛けようとしたものの、意外にも、奥さんから「今まで色々と我慢してきたんだから、いいじゃない」と口にされ、思わず涙ぐんでしまうといった感慨がある訳ではないのだし、また、「ウルトラハリケーン」等と、呑気なことを言っているばかりではなく、老後のことを考え、介護付きの施設に入るために蓄えておかなければならない身なんですから、双方（?）、一長一短ですよ。

もっとも、自分自身、仮に、いや、万が一、否、百万が一（?）家庭を築いたとしても、オーバーエイティとなり、且つ、頭と体に支障を来すようにでもなれば、自身、特に、そのようなことに抵抗感がないので、介護付きの施設に入るつもりですけど、そもそも、家庭を築くというその仮定の話は考えたくない。

重ねて、我ながら、浮世離れしているようで引け目を感じるところもあるんですが、独身、これ即ち、「光の国の住人」でいられるのに、何故、自ら、ここから移住しなければならないのでしょうか？　とは言え、ある〝占いの先生〟によれば、どうも、そう遠くない将来、結婚することに、いや、正確には、結婚する羽目になるらしいんです……。はあ～っ……げっそり……。

♪　ドナ　ドナ　ドーナ　ド～ナ～　荷馬車が揺れるぅ～……

あれ？　表現の仕方と選曲を間違えました？

とは言え、何かと制約が多いでしょ。無理や我慢を強いられるんでしょ。波風も立つだろうし、ストレスだって感じるはず……。委縮……身も心も縮こまる……。果たして、そこには、人生を謳歌出来るもの等、一体、どれ程、残されているのか⁉

結局、人類が結婚という選択をするのは、「幻想に惑わされて」といったところが多分にあるかと思うのですが……。

所帯を持っているサラリーマン男性の中には、昼食代をワンコインで済ませようと心掛けている人だっているという悲しき現実があり、そして、思い出されるのは、どっきり番組で、奥さんを引っ掛けてその反応を見ようと、「三万円の入った財布を落とした」と口にした、あるご主人に投げ付けた奥さんの、「あんたの、そういうところが嫌なのよ！」の、その言葉……。

モンジューや4―5―2の法則から、非常識を常識にするべく、一〇万円を超えるような投資をすること等、夢のまた夢となってしまうのか⁉

やばいです！　自分は「独身時代、自身、眩いばかりの『光の国』で、あれ程、活力に満ち溢れていたのに、結婚というものは……」等と、悲嘆に暮れてしまうのか⁉　『ゲゲの鬼太郎』の改題前のタイトル、『墓場鬼太郎』になってしまうのか⁉

♫　私の～お墓の前で～　泣かないで下さい～～

創作活動に取り組む者としても、悲嘆の涙で頬を濡らすようなものしか作れなくなってしまうのか⁉　体力、気力共に著しく減退し、必殺技を放つこと等、望むべくもなくなってしまうのか⁉　そして、「人生の１９４５」となってしまうのか⁉

葬ったと思われた不安の象徴である、ブラックキングとナックル星人を蘇らせてしまうのか⁉　奴らの魔の手が迫る羽目になってしまうのか⁉　不穏なＢＧＭが響き渡ってしまうのか⁉

♫　キュルルルルルルルッ　ダッタカーター　ダッタカータッ
　キュルルルルルルッ　ダッタカーター　ダッタカータッ
　ジャーン　ズン！　ババババババッ　ジャーン　ズン！　ババババババッ
　キュルキュルキュルキュルッ　キュルキュルキュルキュルッ
　ブァンブゥアーン！　ブァンブゥアーン！　ブァンブゥアーン！

「ＪＲＡよ、ドーパミンをくれ！　難儀な結婚生活という墓の中に、私は自身を埋没させる訳にはいかないのだ！」

放言……我ながら、傍若無人な物言い……。

勿論、例えば、以前、自身が受け持っている番組のある回で、招いたゲストに対し、スピリチュアル・カウンセラーとしての立場から、江原啓之さん等は、「ままならないことが結婚の勉強。結婚はハッピーとばかり思っているけど、結婚は修行」等と諭していたことがあり、そのお言葉の有難さはさておき、自分にとっては「勉強」どころか、〝拷問〟も同然というものなのです。

そもそも、自身、「非実用的な人」宣言をしようかと思っているのに、日常の世界では、余り出番のないオタクな人間なのに、〝現実感満載〟の、難儀な結婚生活というものに対し、どう折合いを付けろというんだ⁉

独身なら、家飲みする場合、別に使用するのは紙コップや紙のお皿で構わないし、食べ終わったら、軽くお湯ですすいでポリ袋の中へポイッ。で、その袋のゴミ出しにしても、集合住宅に住んでいれば、何も「当日の朝に早起きなんて」する必要のない、前日の晩に、備え付けられてあるダストボックスを利用すればいいんだし。

それに、日曜の昼下がり、と言うことは、あと二時間程で、ＪＲＡのメインレースが始まるような時刻に、奥さんと一緒にスーパーで買い物をする等という、〝ほっこり〟とした幸せを感じること等、不可能と言っても過言ではないし、ましてや、子供のオムツの取り替えなんて〝戦慄と恐怖〟でしかない……。

「なに～～っ、風呂掃除を任すですと⁉　家事代行サービスに一任だ！　それくらいのお金なら家にあるし、個人的には、決して無駄な出費だとは思わないものがあります」

それ故、「余りにも虫が良過ぎる」とのご指摘があることは重々承知しつつも、本書の中で色々と思いを巡らせてきた結果、これで、はっきりと致しました。

いや～、自分でも、前々から、そうじゃないかとは思っていたんですが、自身が思う、結婚相手としての理想の女性は、心身共に、こちらに負の影響を全く及ぼすことのないという意味での、「婆や」のような人であると。そして、その婆やとの、理想的な日常の一コマというのは……。


「今回、本の売行が、それなりに好調だから、今日は特例の勝負レースとして、競馬の予想で一〇〇万円投資する予定だから、一応、前もって、婆やにも断っておくね」

「何も問題はありませぬ。どうぞ、行ってらっしゃいまし～～！　……あっ！　私としたことが……」

と、ウインズへ出掛ける自分に、部屋の奥へと踵を返した婆やは、取ってきた火打石を、自分の肩の辺りで打ち鳴らしてみせる。

そのウインズの帰り――。

「いや〜、婆やのご厚意により、一〇〇万円投資させてもらったお蔭で、一〇〇〇万円の払戻金を手にすることが出来たよ。婆やにも、沢山、臨時ボーナスを出せるから、息抜きに、しばらく、海外旅行でもしておいで。日頃、家のことを〝一手に〟引き受けてもらっているんだから、せめて、これくらいのことはさせておくれ。連れていきたいお友達の分の費用も、こちらで持つよ。さあ、行っておいで」

「うううぅぅぅぅっっ！　ご主人さまぁぁぁっっ……」

感極まり、その目から溢れた涙が、婆やの頬を伝わり、止めどもなく流れ落ちていく。

「女性を侮蔑するのも、いい加減にしろ！」「結婚相手のことを婆や呼ばわりするな！」等々、重ねて、批判的なご意見もあろうかとは思いますが、これは、あくまでも、自分の妄想に過ぎませんので、悪しからず。

ま、含有量五％程度の冗談はともかく、いや、本当に、自分にとって、結婚は超難題でしかなく、クラシカルな言い回しをすれば、〝三種の神器〟である、「ストレスフリータイム」と「創作活動」に「ドーパミン」があれば、十分、生きていけるんですけど……。

そもそも、遅ればせながら、と言うか、最後の最後になって、こんなことを口にするのも何ですが……と言うより、「ひどい言い方」ではありますが、自身、人とコミュニケーションを取るのが、何だか億劫で……。

勿論、こなしてこなせないことはなく、また、その時間が苦痛ということでもないのですが、一人心静かに、自分の世界に浸ることに心地良さを感じてしまうものでして……。

それ故、共同生活を送るということである、難儀な結婚に踏み切らざるを得なくなったとしたら、自分にとって、カラータイマーの点滅を余儀なくされるも同然だし、そのため、これまで以上にドーパミンの補充が不可欠となるものの、果たして、これが叶う環境は整備されるのでしょうか？

よって、自分が考える、結婚相手としての理想の女性像を具体化させた、「ウルトラ5つの条件」とは——。

一つ、基本的な〝通年メニュー〟の人格として、超甘口、とろける程にスイーティ。且つ、口当りの良い料理のように、「うわっ！　柔らかあ〜い」「ふわっ、ふわ」な人であること。

一つ、こちらに全く関わらせないまでに、家事と育児を、こよなく愛する人であること（また、こよなく愛するだけではなく、出来れば、思わず、こちらが『絶品！』と唸るような、料理の作り手なら、言うことありません）。

一つ、自身、一人心静かに、自分の世界に浸ることに心地良さを感じるため、お互い、別々に居を構え、自分が家族と顔を合わせるのは、春夏秋冬、それぞれ一回ずつで良しとしてくれる人であること。

一つ、自身のやるべきことについて、自分がやる気を見せないからと言って、不安を抱かず、あるいは、声を荒らげること等もしない、どっしりと構えていられる、極めて情緒の安定した人であること。

一つ、我が「必勝馬券研究とその実践」において散財する等、最悪の結果に終わったとしても、「失敗は成功の母である」と、明日に希望を託すことの出来る、建設的な精神を有した人であること。


どうです、相手が決して受け入れることの出来ない、受け入れようとはしないであろう、この条件⁉　仮に、これがビジネスにおける交渉事だったとしたら、決裂すること必至です。

つまり、我が「ウルトラ5つの条件」＝自身、現世では結婚するつもりがない。言い換えれば、離婚する気、満々（結婚もしていないのに、おかしな言い方ではありますが）＝来世で競走馬に生まれ変わってから（理由については割愛させて頂きます）、ゆ～っくりと、させて頂こうということなのです。

なのに、占いの先生の見通したことが事実だとしても、何故、神様は、自分を結婚させようとなさるのか。

これが天からの賜り物等という能天気な捉え方をすることは、当然、無理な話で、納めることが義務付けられている、「結婚税」とも言うべきものであることは間違いないところではありますが、自身、独り身ではあっても、税金なら、何らかの、他の形でお支払いしているとは思うのに、何故に神様は、新たな税金を加えようとなさるのか⁉　止めてほしいです。

だって、ねえ？　重ねてひどい言い方ではありますが、翌年に結婚を控え、それまでのウインズ通いが叶わなくなることを惜しみながら、「もう、来年からは、来られなくなるからなあ……」等と、こんな！　散歩に連れていってもらえない犬のような寂寥感を味わうくらいなら——。


とにかく、一回、競走馬に生まれ変わり、有馬記念と凱旋門賞、そして、ドバイワールドカップを制したい！

（満を持して、〝妄想〟北島〇郎氏、登場！）

ドン！ ドッドドッド ドン！ ドン！ ドッドドッド ドン！
ば～ ばばばば～ ばばば ば～あ～あ～ ばばば ば～ば～ば～ ばばぶあ～
男はまつりを　そうさ　まつりを担いで生きてきた
馬の神　財の神　今年も本当にありがとう
買った馬券握り締め　見上げた空に花が舞う
まつりだ　まつりだ　まつりだ　豊年祭り
己の信念貫いて　掲げたその手はVサイン
ば～ ば～ ば～ ばばば～
ひゃん ひゃ ひゃ ひゃ ひゃん
ひゃん ひゃ ひゃ ひゃ ひゃん
ば～ ば～ ば～ ばばぶあ～
男はまつりで　そうさ　まつりで男を磨くんだ
馬の神　財の神　当たりを本当にありがとう
戦に五色の旗を立て　競馬ファンが風を切る
まつりだ　まつりだ　まつりだ　大漁祭り
見ろよ蘇生の陽が昇る　朝日と共に船を漕げ

燃えろよ　帯封得るのが競馬のロマン
俺もドンとまた当ててやる
これが日本のおうっ！　んうまつふぅりひぃんだはあよほおおうぅぅ〜〜〜っ
まーつりだ まつりだ まつりだ まーつりだ まつりだ まつりだ
チャーチャチャチャチャー チャチャチャチャー ジャン ジャン ジャン ジャーン！

ドーパミン、ブシュ〜〜〜〜〜ッ！

おわりに

いかがでしたでしょうか。冒頭でも触れましたが、本意ではなかったものの、結果的に、六年振りに発表する新作として、我ながら、「いいんでしょうか、これで?」の思いが、作品を完成させた後でも、払拭するには至っていないんですが……。

と言うのも、これまた、本書の中で触れたことですが、本、あるいは、本を完成させるために文章を綴る、または、読書という行為、その他でも、広辞苑に沿った正確な言葉遣いをすれば、読書人、中でも、精鋭部隊とも言うべき人達等々が醸し出している、そこはかとなく感じられる、その、厳かでアカデミックな雰囲気から、喩えるなら、老舗の料亭の厨房、あるいは、会員制のバーのカウンターの向こう側をお借りして、これには全くそぐわないものを作ってしまったというか……。

例えば、自身の処女作である『隣の殺人者』の執筆に取り組んでいる頃、父が、掛かり付けの医者に、息子が本を書いているという話をした際、先生から、「『直木賞』でも狙ってんのかい」と、冗談めかして口にされたらしいんですが、自身、人生の一歩手前の目標が、銀幕の〝裏方〟デビュー等と、限りなく妄想を膨らませることを〝得意技〟としている身としては、直木賞云々のことは、毛頭、頭の中にはなく、当然のことながら、実のところ、全く！　気が早いにも程がある、「ノベライゼーション」に取り組んでいるつもりでいましたので……。

ちなみに、一般的な言い方として通用している感はあり、ここでも用いましたが、「本を書く」という言葉遣いについて、個人的には、「本」と「書く」の言葉を組み合わせても良いものなのかは、疑問の残るところではあります。

と言うのも、色々と文章を綴って出来上がったものが「本」でしょ。この、既に完成されたものを「書く」とは、これ如何に？

ま、このことはともかく、この先生が口にされた言葉からも、一般の人達にとっても、「本＝どこか厳かな感じ」といった印象を持たれているのでは。

実際、自身、読書に対する意欲が今よりも高かった頃、と言うか、現在、遠視の程度が進み（老眼という言葉は、いかにも、自身、年老いたような気がして使いたくありません）、本を読むという行為がきつくなっているからというのが実情なのですが（二〇万円も支払って作った遠近両用のメガネにしても、大して役立っているという実感がないし）、新宿の紀伊國屋書店で本を買った後に立ち寄った飲食店で、実際には、その中身は娯楽物ばかりだったものの、自分が両手に抱えている買い物袋の中にいっぱいある本を目にした、その店のご主人から、どこかしら仰ぎ見られるような言葉を口にされたこと等を踏まえてみても、今現在なら尚更のこと、一般の人達にとって、本という存在が、自身の日常の中になくなっているといった感が否めません。

そのため、個人的には、書籍という分野が、歌舞伎や落語以上に、「古典化」していってしまうのではないかと危惧したりもします。

それ故、芦田愛菜さんという、例外的な〝本物〟は別として、失礼ながら、「読書女子」等という、個人的には、そのように感じる「サクラ」を動員して、出版業界がキャンペーンを張らなきゃならない訳でしょ。

ちなみに、どういった感想を持たれるのか、自身、芦田愛菜さんに、本書のご意見を伺いたいところではあるのですが、ただし、あの年齢にして、既に完成されたといった印象のある方だけに、気遣いに満ちた言葉を口にされるのがオチでしょうか。

本筋に戻ると致しまして、自分自身、創作活動に取り組む者としても、一握りの、厳かでアカデミックな畑で培養されたような人間ではなく、ただし、こういったものに全く触れてこなかった訳でもなく、また、気骨のある、無所属の野党議員といった、ある映画評論家の、作品を論評する上での、「物量的にトップをいく作品」「観客の、海や空に対する好奇心で持たせている」「精神病患者に、何をさせようが構わないではダメ」等々の言葉を拝聴しながら育ったところもあるものの、小学生時分、夏休みの宿題の一つである、読書感想文の執筆を父に〝丸投げ〟していた身としては、当然のことながら（？）、自身の「読書デビュー」は二十歳になる直前のことだったし、そこから少し時を遡れば、主に鑑賞していたのは、ハリウッド映画の大作や話題となっている日本映画で、更にルーツを辿っていけば、『ゴジラ』や、好んで観たその感情は、これを凌駕する『ウルトラマン』故、例えば、仮に、本書等を文学的に表現しようとするなら、人生において、カラータイマーが点滅してからの逆転劇等を望むことの難しさ、あるいは、その失望等を焦点として描いた方が、「それらしく」はなるのでしょうし、また、自身、現実の世界で、ドラマのような話等、そうそう望めないことではあるものの、その僅かな可能性に託したくなってしまう。

それ故、たとえ、そうそう望めないことの結果に終わったとしても、例えば、『がんばれ！ベアーズ』や『大脱走』等のラストで描かれる表現に、自身、好感を覚えることを思えば、自身の根っこは、映画寄りのところにあることは間違いないし、とは言え、一般の映画ファンより、全く、その鑑賞数には及ばない、つまりは、「無所属」の立場を大いに活用し、今後も、型にはまらず、自由に創作活動に取り組んでいこうと思っていますし、また、このような、一握りの、厳かでアカデミックな存在等では決してない、自分自身の個性が広く認知され、多くの方達に、読書という行為を、少なくともＴＶ番組でも観るような、あるいは、映画を鑑賞するくらいの、日常のものにして頂きたいと、願う次第です。

著者プロフィール

フルールドゥスリズィエ・コミールワ

1月16日生まれ。

大学中退後、種々の短期的な仕事をしながら映画制作に携わることを夢見ていましたが、断念（もっとも銀幕の“裏方”デビューの妄想は、今も継続中です）。

その後自営業に従事するも、自身の創作意欲を封じておくことは出来ず、2014年2月、『隣の殺人者』（筆名：BLACK PEACH）、2015年8月には『いや～、日本語って、本当に難しいものですね　小説「隣の殺人者」の舞台裏』（筆名：水野春穂）を出版し、今回、性懲りもなく、3作目を発表させて頂くことと相成りました。

ちなみに、自身の「生活上の座右の銘」は、「酒に酔ったとしても戻さない」「競馬の予想が外れても愚痴らない」で、前者は、自身の限界量を超えてまで酒を飲んだ挙句に戻す等という行為は「醜態極まりない」という思いがあるからで、後者については、「敗者としてのあり方」を考えてのことです。

独身謳歌症

オタッキーな必勝馬券研究とその実践の日々＋
誠に勝手ながらの自身の結婚観について etc.

2021年8月15日　初版第1刷発行

著　者　フルールドゥスリズィエ・コミールワ
発行者　瓜谷 綱延
発行所　株式会社文芸社
〒160-0022　東京都新宿区新宿1－10－1
電話　03-5369-3060（代表）
03-5369-2299（販売）

印刷所　株式会社フクイン

ISBN978-4-286-22782-5　　JASRAC 出 2105261-101